最美文
Zui Meiwen
华语心灵畅销佳作
Zui Meiwen

U0921793

赢在那一会儿的坚持

一路开花　陈晓辉 / 主编

煤炭工业出版社
·北　京·

图书在版编目（CIP）数据

赢在那一会儿的坚持 / 一路开花，陈晓辉主编．--
北京：煤炭工业出版社，2016（2023.1 重印）
（最美文）
ISBN 978-7-5020-5439-7

Ⅰ.①赢… Ⅱ.①一… ②陈… Ⅲ.①散文集—中国—当代 Ⅳ.①I267

中国版本图书馆 CIP 数据核字(2016)第 181091 号

赢在那一会儿的坚持

主　　编　一路开花　陈晓辉
责任编辑　马明仁
编　　辑　郭浩亮
封面设计　宋双成
出版发行　煤炭工业出版社（北京市朝阳区芍药居 35 号　100029）
电　　话　010-84657898（总编室）
010-64018321（发行部）　010-84657880（读者服务部）
电子信箱　cciph612@126.com
网　　址　www.cciph.com.cn
印　　刷　北京飞达印刷有限责任公司
经　　销　全国新华书店
开　　本　710mm×1000mm 1/16　**印张**　14　**字数**　200 千字
版　　次　2016 年 9 月第 1 版　2023 年 1 月第 6 次印刷
社内编号　8302　　**定价**　46.00 元

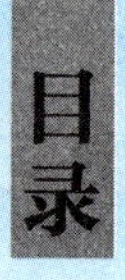

CONTENTS

第一辑 “吻”出精彩人生

第二辑 赢在那一会儿的坚持

第三辑 要在火星上退休的人

第四辑 让色彩在水上固定成画

第五辑 直抵灵魂的素描师

第六辑 苦难是化妆的幸福

第七辑 你是否也心怀这样的一片海

最美文

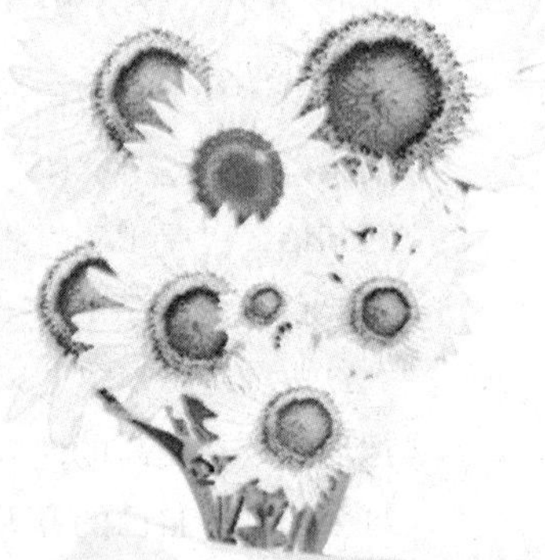

第一辑

“吻”出精彩人生

61 岁，克利夫 · 扬在创造自己的命运的同时，过上了富足的生活。不管你的年龄和身体状况如何，你都可以掌握你的人生，追赶成功。在任何年龄，你都有力量达到成功，只要你愿意去追赶自己的命运。

Zui Meiwen

写给 15 岁的女儿

文 / 乐嘉

丫头，爹有很多话，一直没和你说，今日和你聊聊。

1. 关于学习成绩

你的学习成绩，我从来没有高期待，只要不太差就好。如果成绩太差，在学校里可能会受到同学和老师的鄙视，我担心你承受不起而自卑。学习成绩能好，那当然好；分数不好，只要别不及格，无须介意：因为你的未来与你的考试成绩没有必然关系。

只是有个事情你一定要知道。你爹中专学的是金融，可因为自己不喜欢这个专业，所以上课一直在混日子，没有认真去学。遗憾的是，后来自己做企业的时候，连财务报表也不怎么看得懂，而这些是学校里早就学过的。你爹有一份工作是卖房子，后来卖了一年不喜欢，就不干了，但是因为不曾用一点心，连自己家里买房子时的图纸都看不懂，要找朋友帮忙，弄得很被动。我的意思是说，即便你不喜欢，但如果你现在不得不学这个事情，至少你不要让你的时间白花。你不喜欢的事情可以不用精通，但是你既然花时间学了，一定要想好今后不要后悔当初学的怎么全都还给老师了，不能让自己的时间被浪费。

2. 关于阅读

你选择读的书要尽量杂，涉猎尽量广，即便是小说，也有很多种类，这样你对世界的认知会宽广，不会只活在自己以为的那个小小的世界里。我最后悔的是在我年轻的时候，对于自然科学的兴趣太低，以至于现在都会为自己欠缺科学素养而羞愧，没能在这方面做好你的表率是我的遗憾。

我知道你志比天高，但你要真想超过天，首先你要知道天有多高，多看杂书，会让你逐渐认清天到底有多高。你每天花在网络阅读微博和贴吧的时间，只是你在玩耍，与阅读无关。因为那不是阅读，那只是碎片信息的吸取，就好比这是在不停地吃零食，不是吃正餐，不能让你有任何系统性的思考，也不能帮助你成长。如同你每天偷偷去背一些网络段子，借此在与同学说笑时可显示自己的渊博，这种肤浅在短期内会博得掌声，长期来讲，会让你味如嚼蜡，被人当成跳梁小丑。

3. 关于业余生活

除了阅读，学习音乐、舞蹈、美术也很重要。声乐和器乐，你喜欢哪个，就努力去学。唯一的要求，就是不要变化太多，否则你就是半瓶子醋。器乐不仅是你未来心情不好时发泄情绪的最佳方式，也是可以提升你气质的重要途径。你不要尝试为了什么加分、比赛得名次而学，那会让你无比痛苦，会让你充满功利心。若是为了喜欢而学，为了热爱而学，你每天都会沐浴在快乐之中。

练习舞蹈会让你的身材从现在开始得到全方位的塑造，同时代替了你平时最不喜欢的体育运动。还有，学习美术，可以让你对美有自己的鉴赏，能训练自己发现美的眼睛。你如果足够热爱并且有天赋，你的内心会驱使你走向专业道路；如果不是，请放心，我不给你设定任何目标，不会要求你一定要考级、一定要如何。

4. 关于做人

我和你说所谓过来人的经验，也怕你记不住，就说你要马上改的。

一群长辈在一起，大家都听你说，是因为大家喜欢你，大家知道你是孩子，都在让着你。但你要知道，如果所有人都在听你讲你的故事，而没有机会讲别人的故事，这样给人的感受会很不好。你要控制自己，学会关心别人的故事，学会问候别人的近况，学会体恤别人的心情。这些看上去很难，其实不难，只需做一件事情，就是减少一半谈论自己的时间。

记住：我为有你这样的女儿而自豪，我爱你。无论发生什么，我会是你坚强的后盾。

青春，始于谎言

文 / 安一朗

青春是本太仓促的书。

——席慕蓉

一

16 岁那年，我上高一。中考成绩一般的我只考上了县里的一所普通高中，但望子成龙的父母希望我能去市里最好的高中读书。他们在市里买了房，还花高价买了一个借读的名额，让我去了实验中学。

父母经商，家境殷实，钱对于我的父母来说不算事，只要我能离开县城，去市里最好的高中，花多少钱他们都觉得值。我心里面一直是恐慌的，我知道实中的学生都非常厉害，我去了那里，还不是垫底的份儿？我也害怕别人知道我是花钱买进去读书的看不起我。我不敢跟父母说我心里所想的，怕他们失望。

硬着头皮，我开始了在实中的生活。第一天上课时，看着别人兴高采烈地呼朋引伴，我觉得自己特别孤独。在这里，我没有一个熟悉的同学，我的同学都还在县城。我沉默地观望着别人的快乐，他们都是靠自己的能力考进来，唯有我那么不光彩。

暗自庆幸，这里没有人认识我，只要我不说，没有人会发现我的秘密，我知道这事连任课老师都不知晓。这样想时，我慌乱的心又暂时安稳一些。

我的同桌杨旭，是一个热情洋溢的人。排座位前，我就听到他和别人的聊天，知道他中考的分数非常高，整整多了我 80 多分。当老师安排我们坐在一块儿时，他一坐下就询问我考了多少分。我愣了一下，不好意思地说：“考得不好，比你差远了。”我说的是实话，但我没有勇气把自己的分数公布出来，怕自己在这个班里再也没有立足之地。

“刘康伟，你真谦虚！能考进实中的，哪个都不差，以后一起努力了！”杨旭拍拍我的肩膀，友善地说。我的脸倏地涨红，急着干咳几声，掩饰了自己的慌张。还好前桌的女生柳叶转过头来找杨旭说话，无意间帮我解了围。柳叶和杨旭是初中校友，以前就认识。

毕竟刚上高中，教室里喧闹了几天后才渐渐步入正轨。

二

实中是重点高中，校风严谨，这里是一个卧虎藏龙的地方，随便找出一个同学，都有可能是某一科的尖子生，或是某一方面的达人，他们看上去很普通，可能跟我一样，或许还是个沉默寡言的人，但这一点都不影响他们发光发亮。

在良好的学习风气影响下，我再也没有过去那种得过且过的想法了。在这里，稍不努力就会被人远远落下。我在班上几乎不说话，我用沉默来保护自己的隐私，我怕万一说漏嘴了让自己抬不起头来。我不敢再掉以轻心，每天都埋头苦读。为了跟得上老师在课堂上的讲课进度，以前从来没有预习习惯的我，也早早预习好。我把预习、听课、复习、写作业，安排得有条不紊，虽然很辛苦，但我辛苦并快乐着。

进入高中的第一次大考，在开学 20 多天后进行。老师说这次考试，一来检查一下大家以前的知识功底，二来看看能否适应高中的教学方式。

我的心在考试前几天就开始惴惴不安了。没考试前，只要我不说，谁也不知道我以前是什么样的成绩，我又是以何种方式进到这所学校。马上要考试了，分数一公布，我就得原形毕露，到时候，我还有何颜面再在这里待下去呢？班上的同学会如何看待我？年轻的心，都特别敏感，他们会接受花钱买进来的我吗？

思绪纷乱如云，我心里被恐慌塞得满满的，透不过气来。我一次次在心里怨恨父母的虚荣心，一次次后悔不该来到这里等着被众人嘲笑、讽刺。可是我已经进来了，没有退路。

帮老师去拿教案时，我发现办公室只有最里边的角落有一个老师，他正埋头工作，根本没看见我进去。放教案的柜子边上，是隔壁班数学老师的办公桌，他的桌面上放着一摞试卷，只用一本书压在上面。我随意瞟了一眼，心里“咯噔”一下，那不正是我们几天后考试的试卷吗？我的心里莫名地紧张起来，连手也在抖，手心沁满汗水。鬼使神差，那一刻，我脑子里一片空白。匆匆抽了一张试卷出来，我紧张地折叠好，藏在口袋里，然后飞也似的离开，连教案都忘了拿。跑到楼梯口，才记起自己的任务，于是又返回去。

回到教室时，我气喘如牛，额头上满是冷汗，感觉整个人都要虚脱了。同桌杨旭关切地问我怎么了？他说我的脸色看起来很不对劲。我忙说没事，但心一直在“怦怦”跳，忐忑不安的感觉真难受。

我不是小偷，我只是不想自己在实中的第一次考试成绩就垫底，不想被班上的同学看不起，不想被任何人窥探到我的秘密。我自欺欺人地自我安慰，仅此一次，下不为例。

回到家，我认真地把那张试卷做了一遍，不会的题，我就照着书上的例题一点点想。我不敢去问同学，怕事情败露。两天后，终于迎来了考试。数学原先是我最害怕的，但因为已经做过一遍试卷了，心里倒是安定一点。

我不知道那几天里我是如何度过的，既渴望早点公布成绩，又害怕成绩公布后自己无法面对，我还害怕我偷试卷的事情败露，让自己无地自容。沉默的我变得更加沉默，神经紧绷，一点点风吹草动我就惶恐不安，如坐针毡。

三

度日如年的感觉让我快窒息了。

老师似乎是故意在考验我的忍受力，在我感觉自己快要崩溃时，终于开始发试卷了。语文、英语……每一科虽不尽如人意，但也没有垫底。当数学卷子要发下来时，我屏住呼吸，竖起耳朵聆听老师说的话，生怕漏了哪怕一个字。

“刚上高中，估计大家中考后都玩儿过头了，一时还没回过神来……这次的考试成绩居然只有 5 个人 90 分以上，这里可是重点高中，你们可是市里最好的学生……以后大家一起努力吧，我相信你们不会只有那么点能耐的……”数学老师娓娓道来，时而严厉，时而鼓劲。

大家都在窃窃私语，老师念一个分数，发一张试卷。

“刘康伟，98 分，全班最高。”

听到老师念我的名字时，心跳骤然加快。我低着头，匆匆走上去。面对老师赞赏的目光，我却感觉那目光似乎要穿透我的心。

“刘康伟，你好赞呀，真人不露相！”杨旭凑过头来，搂住我的肩膀。

我却是敏感地坐直身子，分析他话中的意思，会不会折射什么。杨旭比我少 20 分，他说以后要多向我请教。我却感觉他是在试探我，脸涨得通红。

前桌的柳叶在哭，虽然她的语文和英语都考了全班第一，但数学的不及格让她痛哭流涕。她哽咽着说：“我从来就没有考过不及格的……”

叹气声此起彼伏。我没有一丁点初战告捷的喜悦，我知道我的成绩是假的，如果没有事先偷到试卷，我到底能考多少分呢？我并不想考第一名，只希望自己的成绩不垫底，自己在这个班上能够有立足之地就够了，但现在，事情的发展由不得我了，大家都以为我是“高手”，一个“不露相”的高手。他们羡慕的目光让我芒刺在背。

我撒下了第二个谎言，以卑劣的手段。第一次是父母帮我一起撒下的，但后果只能我来背。

我无路可退了。

四

我让父母帮我请来最好的家教老师，自己也重新调整学习计划，为了不让自己的谎言败露，我只能全力以赴。

我相信“天道酬勤”，虽然我的起点不如别人，但我可以重新开始。我如饥似渴地把学习当成自己最重要的事，比任何时候都更想要读书。

父母看我知道要读书了，一脸欣喜。他们说我长大了，说我进了重点学校就是不一样。我提的要求，他们全都答应。看着乐滋滋的父母，我心里其实很难受，我知道父母对我的期望高，知道他们为了我花再多的钱也不在乎。我不想让他们失望，我更不能因为自己的不努力让谎言被揭穿。

一夜长大，或许就是这样的吧。我的蜕变连我自己都觉得不可思议。我把时间安排得满满的，每天仅留下半小时的工夫吹我喜欢的葫芦丝，那片刻的放松，让我重新积蓄力量，每天都斗志昂扬、精神焕发。

杨旭说我变了。柳叶也这样说。

我只是微笑，无法解释，内心深处一直有一个声音在为我鼓劲：“你一定可以的。”我相信自己可以，我要把曾经的谎言变成现实，唯有这样，我才能让自己的心安宁。我不断在心灵上自我修正，并且在努力的过程中找到了学习上真正的快乐和成就感。

整个高中阶段，我像上紧发条的钟，每天过得忙碌而充实。家教老师

的课外辅导再加上我自己的努力，第二次考试，第三次考试……我都没有让自己失望。

实中毕竟是重点学校，高手如林，虽然我没有进入尖子生的行列，但保持在中等偏上的成绩还是让我找到了满满的自信。特别是数学，曾经让我痛苦不堪，后来也被我征服了。

青春年少时，我们可能都撒过这样或那样的谎，为了谎言不被揭穿，为了自己能被别人认可，我做出了最大的努力。

虽然这一切，始于谎言。

载于《读者》（校园版）

青春，是人生中最鲜活的字眼。纵使为了虚荣心，做出一些不为人知的事，今天看来却也是美的，因为在那个兵荒马乱的年月，我们都是最好强的！

8 个人的希望录像

文 / 一路开花

我的希望是想确定因为我生活在这个世界上，才使这个世界变得好了一些。

——林肯

这八个人，第一次面对镜头，显得有些拘谨。

谈及希望这两个字时，他们会有点害羞，有点恍惚，甚至躲闪镜头。

她，河南人，住在北京清河，每天凌晨三点起床，五点赶到北影厂门口摊煎饼，一摊就是七年。风雨无阻。她希望有更多人来买煎饼，这样，她就可以多赚几块钱，让念书的孩子吃好点。

他，58 岁，没有老伴，无儿无女，在公园做了五年的绿化工。他每天的饭菜就是馒头萝卜白菜粉丝……偶尔，他可以攒起一堆易拉罐，赚点小钱。他希望每个星期都能吃上两次肉，不管猪肉还是牛肉。

他，18 岁，成绩一般，高中毕业之后，也许只能上个大专。他趁暑假出来当了两个月的保安，每天站在车水马龙的十字路口指挥交通。他希望能在学校里好好表现，将来当个公司的小职员。

他有点胖，三十来岁，是个出租车司机，每一次大班要连续不停地开 18 个小时的车，跟女朋友一周才能见上一次。情况好的时候，每个月交完租金，还能剩下 3000 块钱。他不知道还能做点什么。他希望一个月能好好

休息两天，希望自己的女朋友能够理解他。

他，20岁，成天穿个红色的T恤溜达在北京的天桥上和小区里发广告。不管大雪还是暴晒，他都得一直站着，一直跟来往的人说“您好，麻烦您看看”。每当遭遇白眼和呵斥的时候，他心里会很难受。他是个外乡人，没办法，只能这么糊口。他希望能找一个稳定点的工作，不再让家人担心。

他是簋街上的一个卖唱歌手，吉他是每天晚上唯一的伙伴。他的收入要看当天的运气和客人的心情。有时碰上小混混，唱了半天，一分钱拿不到不算，还得请他们喝扎啤。他希望人们能给卖唱歌手多一点尊重和支持。

他是一个应届大学毕业生，24岁，来北京投了200多份简历，仍然没有找到工作。《北京人才市场报》是他每天必看的报纸。他仍然在投简历，仍然在各大招聘中心徘徊。他希望能尽快找到一份工作，不管干什么，最好明天就能找到。

他是个裸婚族，25岁，上个月儿子刚出生。一家三口，住在15平方米的房子里。他是个送水工，他希望每天能多送点水。500桶，1000桶，甚至更多，他都没有问题。送完一桶水，他可以提成两毛钱。很多时候，都是从没有电梯房的一楼搬上六楼。问他累不累，他笑笑：“男人的肩膀硬得很。”

这是真实的八个人。他们在杨嘉松的《我希望我的希望不再只是希望》里，他们的每一张脸都镌刻着未来，他们活在这个平凡的世界里。

他们都没有绝望，我们有什么理由放弃希望？

载于《读者》

他们都是平凡的人，每天全力以赴地维护着自己的梦。生活是什么呢，恐怕这就是了。

追赶命运的农民

文 / [美] 帕特里克 · 斯诺　庞启帆编译

要自由，才能有幸福；要勇敢，才能有自由。

——修昔底斯

克利夫 · 扬，一个澳大利亚以种植土豆为生的农民，他在 57 岁时决定改写自己的命运。那时他的命运是在他的家庭农场里劳作，每天过着辛苦的生活。然而，克利夫酷爱长跑运动。

他决心以他自己的方式来生活，创造一个新的命运。不久，多雨的澳大利亚乡村公路上出现了身穿雨衣和胶靴的克利夫进行训练的身影。57 岁的年龄、简陋的装备、恶劣的训练环境，对他来说都不是问题。在农场的这些年里，对他来说最重要的是追赶他的梦想和创造自己的命运。他从不理会那些嘲笑他的人和那些试图把他驱离偏僻的公路的司机。他以每天增加 20 ~ 30 英里的距离不间断地进行训练。

1983 年 5 月，经过 4 年不间断的训练，克利夫 · 扬震惊了整个世界。在 61 岁时，他赢得了悉尼至墨尔本距离 875 公里的超级马拉松冠军。跑完这段距离对任何一个年龄段的人来说都是一个壮举，但 61 岁的克利夫 · 扬击败了世界上最好的长跑运动员，绝对令人难以置信！多年来，跑步专家认为，一个运动员一天跑完艰苦的 100 英里后，晚上就需要一定量的睡眠。然而，在比赛的第一天远远落后于其他运动员的克利夫在凌晨一点就起来，开始他的黑夜穿行。最终，他超越了那些习惯在凌晨 5 点醒来的领先者。克利夫的策略运用得非常好，他继续每天早上比所有的竞争者早 4 个小时醒来，然后开始跑起来。由于采用了这个大胆的策略，他第一个越过终点线时震惊了世界。经过 5 天 15 小时 4 分钟，61 岁的克利夫·扬成了胜利者。

克利夫获胜的消息迅速传遍了整个澳大利亚。在他这样的年龄、缺乏经验、与世界各国最好的长跑运动员进行竞争的情况下，没有一个人认为他能成功。他成了一个生命的传奇，整个国家都迷上了这个创造了一个不可能的奇迹的种土豆的农民。谈及奖金，克利夫幽默地说道："10000 美元，哇，那是很多很多的土豆呢！"接着，他又做了一件令人们惊讶的事：和其他付出了准备和努力的竞争者一起分享了他的奖金。

1984 年和 1987 年，在克利夫 62 岁和 65 岁的时候，他再次参加了跨国比赛，继续使用他的凌晨 1 点策略。现在这种在凌晨 1 点醒来的策略，在今天的赛事中已经代替了凌晨 5 点开始的做法。

克利夫·扬打破了一种范式，克服了自我怀疑，并且做到了世界上没有一个人认为有一点可能的事情。更具有意义的是，他创造了自己的命运。他以他的激情创造了纪录，革新了长跑运动的经验模式，给后来的运动员带来了灵感，他没有像其他 50 岁、60 岁、70 岁的人被悲观的信念所束缚。

61 岁，克利夫·扬在创造自己的命运的同时，过上了富足的生活。不管你的年龄和身体状况如何，你都可以掌握你的人生，追赶成功。在任何年龄，你都有力量达到成功，只要你愿意去追赶自己的命运。

载于《意林·作文素材》

每个人都完全可以随时焕发生机，只要你愿意出发，并且不在乎自己的年龄和力量大小。那么，年轻的你，还有什么理由整天埋怨自己时间不够、机会不好呢？奔跑吧，少年！

“吻”出精彩人生

文 / 倪西赟

人类要在竞争中求生存，更要奋斗。

——孙中山

7 月 15 日，一位身穿蓝色旗袍校服的女生，在美国有线新闻网络 (CNN) 及各大媒体的镜头前，示范透过嘴唇阅读点字。她就是在今年全港中学文凭考试（即香港的“高考”）中，考得 3 科 5++，2 科 5+ 佳绩，成为第二届文凭试最耀眼的状元。可谁知道，镜头前这个一脸阳光，面带微笑，侃侃而谈的女孩，竟是一位患有失明、弱听和十指触感障碍“三不感”的人。

1993 年，她出生于香港一个普通的家庭。她怎么也想不到自己一出生，竟会有那么多的磨难在等着她。她出生几个月，就被发现视力有问题，父母抱着她去医院检查。医生告知她神经严重萎缩，双目几乎失明，只能感觉到光和影。父母抱着她欲哭无泪。然而，磨难却接踵而来，在她四岁多的时候，父母发现她手指尖也有触感缺陷，不能像一般失明学生那样双手触摸点字阅读；而到小一，她听力也开始下降。这些不幸，放在谁的身上，都将是一座座沉重的大山。

一般的父母，看到自己的孩子有残疾，别说是读书，能够让孩子生活无忧就是万幸了。然而她是幸运的，她的父亲是点心师傅，母亲是全职家

庭主妇，日子过得比较紧巴。但是，父母从没放弃这个“三感不全”的宝贝女。他们除了在生活上无微不至地照顾她，而且为了她能够及时读书、认字，将来有一技之长，成为一个有用的人，让她按时上幼儿园，入读盲人学校。父母为了让她早些融入主流学校，在中一时便转往教学条件较好的英华女校。

在爱的围绕下她特别懂事，特别坚强。她在家里从不给父母添麻烦，在学校里遇到困难总是自己尝试解决。

一般视障人士都是用手阅读点字书，然而上天连她用手的能力都剥夺了。怎么办呢？她很是苦恼，但没有放弃。她不断尝试用身体的各个部位寻找最佳触点，终于有一天，她兴奋地发现，用双唇可以代替双手阅读。

每天，同学们看到她把书放在嘴唇上，好像在与书时刻“亲吻”。从此，课堂上、校园里多了一道独特的风景。

以唇“吻”书，看似浪漫，实则困难重重。刚开始，她一遍又一遍练习用嘴唇阅读，但不得要领。不得要领，就不断地摸索，在她的持之以恒下，终于熟练掌握了唇读的技巧。她用唇读点字每分钟大约读100个中文字，英文大概80个到90个。她虽然掌握了唇读的阅读方式，但相比之下，阅读同样的内容，她不仅比其他用手读书的失明人士慢，更要比正常人多花两倍时间。为此，在课堂前她要提前预习老师事先为她准备好的点字笔记，在课堂后，她几乎是除了吃饭、洗澡和睡觉外，其他的时间都用在阅读上。她认为，自己虽有听力障碍，但更不能放宽对自己的要求。

在香港，有听力障碍的学生参加“高考”可安排豁免中英文听力考试。这对她来说是一个特殊的“待遇”。她考虑再三，毅然放弃享受这样的待遇，因为她知道，应该凭自己的能力去闯关，无论考出来成绩怎么样，都要勇敢面对自己的障碍和现实。如果这次选择逃避，这个困难以后都会跟着她。在应考英国文学她花了共8小时作答，中国文学则长达10小时，而一般考生只需要共6小时。因此，她付出了比常人多一倍的体力和努力，终于以优异的成绩被香港中文大学翻译系录取。她，就是香港励志少女曾芷君。

曾芷君的故事感动了很多人，香港特区行政长官梁振英在网志发表《为了我们的未来》文章中赞扬了她“意志过人”，诗人半纳在献给曾芷君的诗中赞美她的少女之吻，无数次地献给书本，连骄傲的蜜蜂蝴蝶都自惭形秽……

“人生纵然充满荆棘，我依然无所畏惧。”面对种种困难，曾芷君依然很快乐。她认为，快乐的时光多不胜数，快乐总比烦恼多。

是的，既然磨难就像一座山，那么就攀上这座山并把它踩在脚下，一切都是值得的，一切都是快乐的。

载于《意林》（少年版）

每个人都有一段自己拼命的日子，那些日子，没有人告诉你怎么去做，也没人陪伴你前行，但你须知道，自己不拼命，就没人救得了自己。身残志坚，曾芷君告诉我们的不光是奋斗那么简单。

我之所爱为我天职

文 / 纳兰泽芸

不能爱哪行才干哪行，要干哪行爱哪行。

——丘吉尔

2010 年 7 月，北大前任校长许智宏去深圳，点名约见两位在“各行各业都做得很出色”的北大校友。

其中一位就是“卖猪肉”的北大校友，广东天地集团的总裁陈生。

陈生，广东湛江人，北京大学经济学学士，清华 EMBA。1984 年北大毕业后被分配在广州一个机关单位，每天过着重复、枯燥、没滋没味的日子，还得忍受单位里论资排辈，尔虞我诈的郁闷氛围，他觉得再这样混下去，简直是浪费生命。

三年后，他选择辞去“铁饭碗”，“下海”了。

20 世纪 80 年代，自己砸掉人人羡慕的机关铁饭碗，那得需要多大勇气！

“下海”之后，他倒腾过服装，倒腾过白酒，也倒腾过房地产。而且倒腾房地产倒腾出了不小的动静，但他最终还是选择了“卖猪肉”。2006 年，他打造自己的土猪养殖场，2007 年开始在广州开猪肉档卖猪肉，短短两年时间在广州开设近 100 家“壹号土猪”连锁店，营业额达到 2 亿元，被称为广州“猪肉大王”。

有人问他：“房地产赚钱又快又轻松，为什么还要卖肉呢？”

他说：“房地产赚钱轻松且快不假，但不符合我的性格，我还是安安分分养好我的猪。与其天天陪人喝酒赔笑脸，我更愿意跟阳光打交道。”

陈生说，当然，北大校友卖猪肉也要卖出“北大水平”来。2005年的一天，陈生去逛农贸市场，看别人卖猪肉，这一看让他大吃一惊。农贸市场里那么多卖猪肉的，但没有一个猪肉有品牌，有形象。回来后他就着手调查猪肉市场数据，他发现全国6.5亿头猪，以一头猪100斤算就可卖1000元，全国猪肉市场一年就有1万亿元的销售额。几乎没有一个行业有如此大的市场容量！

他越研究越有兴趣，他觉得如果他去卖电脑，他得面临与联想等这些几百亿上千亿级的企业竞争，但是卖猪肉，他是北大经济系毕业的，与竞争对手相比，他有与众不同的经济头脑。他决心要在这个行业里干一点“伟大”的事，人家一天卖一头猪、半头猪，他能卖几十头，几百头，这就是“北大水平”。

如今的陈生，经常待在广州郊区一个农庄里忙乎着他的猪肉事业，也在那里办公。在阳光、清风与憨拙的土猪陪伴下，自得其乐地工作。

可是，现实生活中，我们有多少人能够“自得其乐”地做自己喜欢的工作呢？

股神巴菲特说：“做自己喜欢的事，还能有钱赚，这是件最快乐的事。”巴菲特被邀至哥伦比亚大学演讲，当被问到他成功的秘诀时，巴菲特开怀大笑起来，他说与在座的学生们相比，他并无不同之处，如果一定要说有的话，那就是他每天都在做自己最喜欢的工作。

“每天都在做自己最喜欢的工作”，这短短十几个字，却是无数人穷其一生都无法实现的美丽梦想。

绝大多数人的现状是，清晨勉强睁开困乏的眼睛，不情不愿地去上班，熬到太阳落山，心力交瘁、腰酸背痛地下班。厌倦、烦躁、倦怠常常袭击我们业已脆弱的心。有久未联系的朋友打来电话：“最近过得怎么样？”“唉，老样子，没劲。”

有个故事里说一个观光团去一个山水秀美的偏僻小村去游玩，一个当地老人坐在树荫下一边吹着凉风一边编草帽，那草帽是用当地的一种蒲草编的，非常精致漂亮。观光团里的一个商人看见了欣喜若狂，他想，这样漂亮精美的草帽，如果拿到大城市去卖，价钱一定不菲。

商人压住内心的狂喜，装作不经意地问老人：“请问，这草帽多少钱一顶啊？”老人微笑着说：“十块钱。”说完又低头继续编他的草帽了，老人边编草帽边哼着小调儿，看上去快乐而闲适。

商人快高兴得跳了起来，这么精致的帽子，在大城市没有一百块是绝对买不到的。商人赶紧对老人说：“老人家，如果我在您这里订做1万顶草帽的话，你每顶能给我优惠多少钱呢？”

他以为老人肯定会高兴坏了，没想到老人慢吞吞地说：“要是这样的话，我就不卖给你了。”商人大惑不解。老人说：“我坐在这树荫底下编草帽，吹着风，喝着茶，哼着歌，本来是很享受的事，没有一点负担。你要1万顶帽子，我就得没日没夜地拼命干，那该多累啊，不但身体累，我的心更累，所以我不愿卖了。”

当工作不是一种享受，而成为一种心灵的负累时，我们就会有疲惫不堪、心力交瘁的感觉。

易中天给女儿选专业时的建议是：第一考虑兴趣，第二考虑自己的优势，第三考虑创造性，第四考虑将来是否挣钱。

当然，也许有些人会对易中天的建议不敢苟同，因为我们往往会迫于生活的压力，不得不从事一份自己不喜欢的工作，先要生存，然后才有可能去追求更多的东西。

既然目前不得不做我们不喜欢的这份工作，与其成天念叨“我不喜欢这工作，我好累……”，让自己如行尸走肉一样活着，不如调整自己，把目前从事的工作当成必要的过渡与磨炼，让它成为通向你喜欢的那份工作的桥梁。

终有一天，你会惊喜地发现你已达到罗素所说的人生目标——“我之所爱为我天职。”

载于《意林》

好多时候，我们都会碰到这样的问题：你最想做什么？每个人都知道自己想干什么，可是没多少人坚持去干自己想干的。包括考完高考报专业的时候，都考虑哪个专业工作稳定，哪个专业就业好，而很少去考虑我想干什么？你知道自己想干什么吗？你有勇气坚持吗？

梦想从来不卑微

文 / 李红都

世上最快乐的事，不过于为梦想奋斗。

——苏格拉底

他的噩梦是从三岁那年开始的。

那天，母亲终于从亲友们“贵人行迟”的安慰声中醒悟过来。抱着浑身瘫软的他坐上火车直奔省城的儿科医院。大夫无情的诊断打碎了母亲最后一丝希望，“重度脑瘫，像这种情况目前尚无康复的前例”。母亲抱着他，哭了个天昏地暗。丈夫说：“把他送福利院吧，我们再生一个。”她不依，为此丈夫和她翻了脸，一纸离婚证，从此与她成了陌路。

为了照顾他的生活，并有足够时间带他看病，母亲辞去了工作，带他住进了福利院。好心的院长在福利院后勤部给她安排了一份洗衣做饭的工作。让她得以边工作边照顾他。

8 岁那年，他终于站了起来，但他的四肢并不听从大脑的指挥：他的十指痉挛地扭曲着不能并拢，腿也笨拙得迈不出直线，用“张牙舞爪”来形容他走路的样子，倒真有些生动形象……

虽然走路的样子不雅观，但总算能独自站立行走了。母亲多少感到一丝欣慰。只是，他的情况太特殊，尽管早已过了上学的年龄，却没有一家学校愿意接收。

母亲找来别的小孩子用过的小学课本，用有限的文化教他学习拼音和汉字。他歪着脸口齿不清地叫她：“老——师——”她看着他明亮的眼眸，笑成了一朵花，转过身，却飞速地用手背擦去眼角溢出来的泪花。

18 岁那年，县残联推荐他和另外几位重度残疾人参加市残联举办的残疾人职业技能培训班。首次接触电脑的他，一下子被电脑中变幻莫测又精美异常的图案迷住了。

他决心攻下软件知识，便报名参加了电脑初级班的学习。教室里，辅导他的老师甚至有些不忍心看他，因为他的双手严重扭曲，每在电脑上敲打一个字，全身都要跟着一起使劲。尝试了多次，他依然不能像常人一样将十指准确地放在键盘上完成盲打的训练，他只好用两个大拇指轮流着击打键盘，艰难地完成了打字的训练。

电脑班结业后，他开始想办法用有限的电脑知识找工作，但是，面对他这样一个路都走不稳，手指也不灵活的重残者，没有单位敢接收。看着镜子里的自己下巴已长出细密的“绒毛”，却仍靠头发花白的母亲在福利院给人洗衣做饭赚到的几百元工资生存，他恨自己没用。

他想死，母亲说：“我现在除了你，什么也没有了，你要是死了，我也不想活了。”他拉着母亲的手，号啕大哭。

哭过后，他做出了一个决定：“既然没人要咱，咱就自个儿给自个儿打工。”

母亲吓了一跳，摸了摸他的头，不是发烧了吧？他忍着泪，拼命调整好不听话的表情肌，给了母亲一个微笑……

捧起一位好心人送的《photoshop CS 教材》，他在别人淘汰下来的电脑上一点点地摸索。

一年后，他已能用“二指禅”熟练地在电脑上设计各类平面广告。他对设计近乎痴迷的热爱打动了每一位认识他的人。母亲也动心了——也许行动不便的他真的适合走这条路呢。

在母亲努力和社会上几位爱心人士的帮助下，一家小小的广告公司成立了。他是老板，也是员工。不懂电脑的母亲，是他的业务联系人，同时也是他的保姆，照顾他的生活起居。在一间租来的民房改造成的小公司中，临街的那间“门面房”就是他的“经理办公室”，里面的一间是他和母亲的卧室兼厨房。

身体的残障加上他与社会接触面的局限，导致生意很冷清，常来光临的客户多是周围了解并同情他们母子生活的居民。

空闲时候，他最喜欢的事便是和母亲一起憧憬未来：他的业务在不断发展；一位心地善良的好姑娘在人生路上成为他的伴侣，辅助他成就更大的事业，买下一套不大也不小的房子容纳他们纯美的爱情；母亲终于苦尽甘来，穿着漂亮时尚的衣裳，戴着珠宝项链，想去哪儿就去哪儿，想买什么都买得起。

母亲疼爱地看着他，笑而不语。曾经，她以为他能走路、能自己吃饭、能依靠她微薄的薪水生存下去，她便很欣慰。不承想，他居然能用这么严重的残疾之躯，走上自强自立的路。在母亲心中，无论他是怎样的残疾，他都是她心里最棒的孩子。

两年后，他的业务水平日渐完善，但生意仍然时好时差，生活仅够维持朴素的日常生活。妻子和房子，对目前的他来说，仍是个遥远的梦想。

在这个流光溢彩的城市中，他们无疑是挣扎在社会底层的小人物，重度的身体残障更是给他的生活刻上了卑微的烙印。但是，他们的梦想却从来不卑微。

或许，他的梦想只能停留在幻想的美好世界中，但那又有什么关系？因为正是那些可能一生也实现不了的梦想，才让他有了拼搏的力量，带着回报母爱的心愿，一步一步艰难却执着地行走在人生的道路上。

载于《意林·原创版》

人一生该有两样东西值得仰望：头顶灿烂的星空和心中坚定的信仰。无论路有多远，机会有多迷茫，在值得坚持的时候不要把时间都用来低落了，去相信，去孤单，去爱去恨去浪费，去闯去梦去后悔。没有人可以拯救你，就像没有人打败你一样！

第二辑

赢在那一会儿的坚持

坚持，既需要毅力，也需要自信，更需要定力。只要自己认准了目标，只要自己问心无愧，就不要去理会别人的议论与嘲讽。容易被别人的议论所左右的是庸者，容易在别人的嘲讽中败下阵来的是懦夫。

赢在那一会儿的坚持

文 / 林玉椿

一日一钱，十日十钱；绳锯木断，水滴石穿。

——班固

吴鹰是 UT 斯达康的创始人之一，曾跻身胡润榜中国百富榜第 43 名。在他还没有创业的时候，曾经经历过这么一件事。

那年，美国新泽西州理工学院的一位教授招聘助教，当时正在该校攻读硕士学位的吴鹰与 30 多名各国留学生参加了应聘。就在考试的前几天，留学生们打探到这位教授曾在朝鲜战场上做过中国人的俘虏。其他中国留学生纷纷“知难而退”，因为他们认为这位教授在面试中国留学生时绝对不会有好脸色，与其自取其辱，还不如自己放弃。

然而，吴鹰却没打算退出。一位中国留学生对他说：“你把时间和精力花在不可能的事情上，又何必呢？”但吴鹰仍然坚持参加了最后的考试。考试结果出人意料，他竟然被录取了！

吴鹰心中也充满疑惑，便去询问那位教授。那位教授这样回答：“其实你在所有的应试者中并不是最优秀的，但你不像你那些中国同学，他们看起来好像很聪明，其实却很愚蠢。你们是为我而工作，只要当好助手就行了，为什么还要去理几十年前的事呢？我很欣赏你知难而进和坚持到底的勇气，因此我决定录取你。”

有时候，成功就是赢在那一会儿的坚持。当别人都在议论纷纷，都在打起退堂鼓的时候，你是否会受到别人影响，是否会跟着别人一起放弃？

这使我想起这么一个寓言故事：一天，很多只蜗牛在一棵树下打赌，看谁能爬上树顶。于是，比赛一开始，大家都奋力地往上爬。然而，由于树太高，每爬一会就有一只蜗牛放弃。放弃的蜗牛就在下面议论起来："这树太高了，以我们的速度，根本就不可能爬到树顶！""是啊，不要再做这种傻事了！"听到这些话，放弃的蜗牛越来越多。到最后，只剩下一只蜗牛仍然坚持着往上爬。它丝毫不理会别人的嘲笑。最后，令人惊讶的是，它成了唯一爬上树顶的蜗牛。大家感到不可思议，都想问明白它是怎样坚持下来的。没想到，这只蜗牛原来双耳失聪，因此它根本听不到其他蜗牛的抱怨和嘲讽。

坚持，既需要毅力，也需要自信，更需要定力。只要自己认准了目标，只要自己问心无愧，就不要去理会别人的议论与嘲讽。容易被别人的议论所左右的是庸者，容易在别人的嘲讽中败下阵来的是懦夫。

当自己勇往直前时，在别人的议论和嘲讽声中，不妨做个"聋子"，且自顾着行进吧。

坚持下来，你就是赢的那位。

载于《中学生》

俞敏洪讲过一个故事，他说登上金字塔的不光有雄鹰，还有蜗牛。你看坚持的力量多伟大。当你坚持不下去的时候就告诉自己再坚持一下，说不定下一刻就有转机。

我是消防兵

文 / 高小宝

从工作里爱生命，就是通彻的生命最深的秘密。

——纪伯伦

2014 年 1 月 3 日上午 9 时许，武汉市公安消防支队徐东路中队接到一起警情，市内一家餐厅失火，要求紧急出警。险情就是命令，徐东路中队赶紧组织消防队员奔赴事发现场。事发地是一间约 40 平方米的临街小餐馆，滚滚浓烟从厨房涌出，由于对里面情况不熟悉，围观的群众神色戒备，不敢贸然上前。消防兵一到，人们赶紧让出一条道。

他和战友冲入厨房，发现里面共有 8 个液化气罐，其中 3 个阀门正往外喷火，随时都有爆炸的可能。他们用水枪给瓶身降温，迅速浇灭，将两个着火罐子搬出，剩下一个罐子由于存气较多，“呼呼呼”冒着一米多高的火苗，根本无法用水枪短时间灭火。为避免爆炸，只能冒险先搬出去，再降温灭火。紧急关头，他没有多想，弯腰抱起喷火的罐横就往外跑，战友紧随其后用水枪灭火，跑出十几米开外后，他将“火罐”放在一处空地上，然后用湿抹布将其盖灭。虽然整个过程也就十多秒，但却惊心动魄，让人心悸不已。

跟往常一样，险情排除后，他和战友清理完现场就归队了，在他们看来，这不过是一次普通的消防任务，因为他们是消防兵，职责就是保卫人民的生命和财产安全。但是，他身穿消防服，双手抱着一个吐着约一米长火舌的液化气罐，冲出火场奋力飞奔的一幕却被人拍下来，并且发到了微博上。

看到这幅照片的网友们惊呆了，“这是谁？”“为什么要这么做？”“怎么有人这么勇敢”……感动敬佩之余，大家纷纷转发这条微博，数以万计的网友为勇敢点赞，毫不吝啬各种赞誉之词。有网友留言：“在别人应该撤离的地方，你们却出现了，在别人走向安全的时候，你们却向死神靠近。你们用自己的行动，诠释了英雄的含义。”于是，在不知这名抱着“火罐”的消防兵名字情况下，大家亲切地称他为“抱火哥”。

“抱火哥”的英勇之举令看到这一幕的人无不震撼，随着网友们进一步深挖，他的真实身份渐渐浮出水面。他叫皇甫江武，陕西白水县尧禾镇人，今年26岁，高中毕业后打了一段时间工。2011年，应聘到消防中队，目前是一名合同制消防员。

面对媒体的采访，皇甫江武腼腆地说，1月3日的救火场景，要不是网友提起，他都快忘了。他也坦言，虽然整个经过只有十余秒，自己也没受伤，但事后也有些后怕。“抱起罐子时，火苗掠过我的脸，我当时有过悲观的念头，但害怕只是一晃而过，因为我相信战友们一定会保护我，并肩战斗的战友让我更有勇气抱起液化气罐，如果我有事，战友们会帮助我。在火灾现场，每个战友都表现得很勇敢，我只是他们其中的一员。”

也许他讲的都是心里话，但是真要面对一个喷着火焰的液化气罐，没有足够果断的勇气，并不是每个人都能像他一样将个人安危置之度外。也难怪，有不少女网友知道事情经过后，大胆地表达了好感和爱慕之情，留言询问：“他有对象没有？”是啊，这样有情有义、英勇担当的男人，有什么不能值得信赖呢？

当然，也有网友担心他的安全：“这是唯一的办法吗？就没有更好的办法？这么做实在太危险了。”他解释：“根据我们的经验，像这种情况，短时间内一般不会爆炸。”但是，接下来他说的这番话，却让所有人振聋发聩，再次肃然起敬。他说：“其实老实讲，谁也不知道它是否会爆炸，谁都知道，一旦爆炸，凶多吉少。我没有选择，没有犹豫，没有思考，下意识就将它搬出来，送到空旷地带，让屋里被困人员远离危险。有网友说我是拿命在赌，是的，因为我是消防兵。”

载于《做人与处世》

有太多太多这样平凡的人，他们平时默默无闻，可是在危险来临的时候，他们总是第一时间赶到。他们依然沉默无言，但却是最可爱的人。

医生判我三个月生命

文/[美]伊丽莎白·纳耶罗 孙开元编译

我们曾经为欢乐而斗争，我们将要为欢乐而死。因此，悲哀永远不要同我们的名字连在一起。

——伏契克

如果医生告诉你，你得的癌症太顽固，已经完全没有治愈的可能，你会有何感受？我可以告诉你，那种感觉就如同是大海中的一个巨浪把你打了下去，然后是接二连三的巨浪，让你再也浮不上来。你挣扎，想喘口气，可是都没用。

2009年夏末的一天，医生就是这样告诉我的。那时我在波士顿市一所中学里教书有五年了，我和丈夫亚当有个两岁的女儿，格蕾西。我有一段时间老是干咳，并且伴有胸痛，迟迟不愈，于是找医生做了检查。学校就要开学了，我怕自己得的是什么传染病。

医生让我拍了张X光片，检查说是肺炎，并且看到胸部有阴影。“也许是你在拍片时动了或者咳嗽了。”她说。亚当和我要在“五一”节去缅因州看父母，所以医生给开了些抗病毒药，为了保险，嘱咐我回来后做一次CT检查。我感觉还是挺好的，在那个周末骑车、和家人野餐，但是我不知道，那是我人生中最后一次平平常常的度假。

回来拍完CT，医生们告诉我要等几天才有结果，但是刚过一个半小

时，医生就给我打来了电话。我的心一沉，预感到事情不好。我能听出，医生在竭力保持声音的镇静。“你的胸部有肿块，”她说，“我们需要对你进行更多的检查，马上。”

六个星期后检查结果出来了，我得的是非霍奇金淋巴瘤，而且属于一种少见类型。一位肿瘤专家在为我检查时，我能感觉到右胸部的肿胀感。为了减轻心理负担，亚当和我开玩笑说那是我的第三个乳房。但是我感觉那更像是一个变异生物占据了我的身体，正在里面膨胀着。

朋友和家人们都十分关心我，他们当中的很多人有的坐飞机来看我，想方设法地为我提供各种帮助。妹妹苏珊娜和阿曼达更是整日陪着我，那时候阿曼达刚刚结婚。但是我生性倔强，喜欢独立，过了很多天才适应了别人的帮助。

而且我也不怎么害怕，这位来自哈佛大学的肿瘤专家非常有信心，他对我说：“我们用化疗在近10年里治愈了95%的像你这样的癌症病人，所以你就计划下一次旅行吧。”化疗会使我掉光全部头发，我对这也没当回事，对大家说：“头发还会长出来，如果是治病需要，那就让它掉光好了。”

话虽如此，可化疗确实很可怕。我感觉身上难受而且疲惫，如同是打了20个钟头的瞌睡，老是觉得累。更糟糕的是，在6个星期里进行了两个周期化疗后，肿瘤部位还在痛，咳嗽时疼得我直流眼泪。扫描显示，这个治疗方法根本没起作用，肿瘤还在增长。这让我大吃一惊，因为这和医生预期完全不一样。我也感到六神无主和害怕，但是肿瘤专家说我还有机会。

在接下来的化疗中，我在每次治疗期间都要再住三天医院。家人想尽办法帮助我，亚当每天除了在医院陪我，还要在家尽量周到地照顾格蕾西，真不知道他费了多少心。住在迈阿密州的妈妈时常会给我发来鼓励性的电子邮件和明信片，爸爸只要哪天不来看我，就一定会给我打来电话。妹妹苏珊娜是个长跑健将，她正竭尽全力筹集资金，组织一次马拉松比赛，用以资助白血病和淋巴瘤研究小组的治疗工作。

我们家房子里里外外总是会有人，他们来做的第一件事是洗盘子，也几乎总是会把东西放错地方。亚当和我在找盘子或杯子时经常会发笑，因为我们会在一个想不到的地方找到它们。

又经过两疗程的化疗后，肿瘤专家、一名护士和亚当陪着我去做了检查。医生看起来表情凝重，不过我已经两次听到过坏消息，即使第三次还是坏消息也不会再吓倒我了。结果确实是“化疗对你没有效果。”医生说。他的话像锤子一样砸在我的心上，让我透不过气来。我像抓一棵救命稻草一样，巴望着肿瘤专家突然宣布：“对不起，我们误诊了，你得的不是肿瘤。”但是没有，我无奈地向医生问出了人生中一个艰难的问题：“如果所有的治疗都不起作用，我还能活多久？”专家尴尬地停顿了一会儿，然后说：“我们不会放弃，但是，估计你还有三个月的生命。”

我绝望了，我曾经克服了几个月的恐惧和紧张在这一刻完全爆发出来，感觉自己被浪头一下卷进了海水里。我从屋子里跑了出去，亚当和护士追在我身后到了候诊室，我瘫倒在地上，哭了起来。

活在恐惧和碰壁中

知道自己死期将至，心里会有何感想？人在死亡面前无能为力，这种痛苦的感觉无以言表。我相信自己是没有希望的人了，我不敢再想人生的长远目标，只有关注自己能左右的生活细节。我和亲朋好友们说：“我知道你们不想听我留遗言，但是我需要让你们知道我的想法和愿望。”我嘱咐苏珊娜一定要负责将来给格蕾西买第一副胸罩。那是我女儿人生中的一件大事，但我已经看不到那一天了。我嘱咐亚当，尽量让我死在家里。他向我保证说他不会再婚。我告诉他，他是个好丈夫，但不再婚是愚蠢的。

尽管如此，我还不甘心这样等死，医生们也是。化疗有好多种，我们只进行了基本治疗。这意味着我们还可以进行新尝试，看有没有一线希望。

住在乡下的公公鲍勃给各地医院打了几十个咨询电话，最后联系到了马里兰州卫生部的几位专家，那里的研究者正在试验一种新化疗方法。给我治疗的肿瘤专家同意和卫生部的专家进行对话，并帮我们配合治疗。我们把格蕾西送到了她的爷爷奶奶那里，然后就去了两次马里兰州，那里的医生给我带上了一个小巧的给药泵，药物可以源源不断地输进我的身体。我以前体质很好，可化疗影响人的食欲，现在我日渐消瘦和虚弱。我的秃头已经够难看，现在眼眉、睫毛，甚至鼻毛都掉落了，老流鼻涕。

第三次去马里兰，医生的脸色让我更为恐惧。我胸部的肿瘤停止了增长，但是右肾又生出了一个肿瘤。“如果你还有肿瘤生长，那我们的治疗就是也没起作用。”医生说。我彻底绝望了。

最后的机会?

治疗组又拿出了一张牌：主干细胞移植。他们决定将一位志愿者捐献的细胞植入我的免疫系统。通常只有病情已经缓解的病人才能接受这种移植，而我的癌症正在发展，所以按理说不适合这个办法，而且单单是移植所必需的高强度化疗和放疗也许就会要了我的命。但是癌症研究所的移植和免疫学研究部正在研究一种新治疗方式，采用低强度化疗，不进行放疗，减少了危险。

治疗组的医学教授大卫·哈尔沃森说，这个疗法从未在一个肿瘤巨大而又正在增长的淋巴癌患者身上用过。后来我得知，他在私下里和别人说，他对我的治疗已经不抱什么希望。但是为了女儿，我必须要和癌症做斗争，我不敢想象自己不能看着女儿长大成人。我的两个妹妹自愿捐献主干细胞，阿曼达和我的细胞相匹配。移植细胞那一天说到就到，移植过程只用了 15 分钟，阿曼达捐献出的细胞就从一只塑料袋里注入进了我的胳膊。住院的这段时间里，医生时刻警惕着我不受细菌感染，但是我可以去图书室，也能在病房里跟亚当和格蕾西见面。九天后，我搬进了一座租期是一百天的房子。虽然治疗的效果遥遥无期，我还是感到希望和信心又回到了心头。但是我的体重还在下降，这是个可怕的现象，一个身高5.7英尺的人体重只有103磅，看起来不协调。我的眼睛周围长了黑眼圈，这对于我来说无所谓，毫不重要。7月的马里兰州，外面如火烤一般炎热，我在家却要洗热水澡，就是为了让身体保持温度。我经常站在沐浴喷头下哭，因为我的身体很难看。

亲朋好友和我的病友们开始为我轮流做祈祷，这个队伍日渐扩大，后来祈祷者遍及美国各地。如此众多的人在支持我——医生们、家人、朋友甚至是陌生人。我不相信单单是祈祷，上帝就会赐予我奇迹。但是有这么多人的支持，确实给了我极大的精神力量。

终于有了好消息

在我接受细胞移植后的第28天，几位专家急匆匆来到我的房间，给我拿来了化验结果。他们兴奋地告诉我，肿瘤停止了生长，而且患病部位的细胞活动明显不再那么活跃。“就移植初期的治疗来说，我们不能期待比这更好的结果了。”其中一位专家说。护士们纷纷过来向我祝贺，我自然是万分欣喜，但也不无忧虑。那么多次打击让我至今心有余悸，我害怕哪一天还有肿瘤会冒出来。

到了第60天左右，我突然感到身上有一块地方奇痒难忍，很快全身都痒了起来。“怕什么来什么！”我想。新的免疫细胞在攻击我的身体。几天后，我在吃了一根香蕉后疼痛比平时加剧了一倍，痛感一直向下传到小腹。我很害怕，但是医生们很有信心，对我说：“你的情况还好，癌细胞正在消亡。”

接受细胞移植后的第100天，哈尔沃森教授向我们宣布了一个重大消息：“癌细胞已经完全没有了活动迹象。”他说。听到医生这句话我再也控制不住自己的情绪，我笑着、哭着，然后又是笑。“上帝，我们成功了。”我说。我们给所有能想到的人都打了电话，请他们一起出去吃饭。过去的几个月都是在听坏消息和苦苦挣扎中度过的，现在的我竟然有些不知所措，那感觉就好像是一位救生员把你从沼泽中拉了上来，你站在坚硬的土地上，眨着眼看着眼前的美景，而刚刚发生过的那一切已经恍如隔世一般。哈尔沃森教授后来告诉我，我是他见过的情况变化最富戏剧性的一个病例。

我开始逐渐找回了我自己。或者，我是不是应该说，找到了一个新的、不同的自己？我感谢上帝，也感谢那些为我祈祷的朋友和陌生人。另外，我有一种胜利的快感：“癌症，我制伏了你，我将活到 100 岁！”我遇到过的很多癌症病人都在和疾病做着艰苦的斗争，我没有让这些吓倒，我没有在一张假设的死亡证书面前束手就擒。

相反，我享受到了生活带给我的幸福，生命是我的一件最为宝贵的礼物，一件如果不是众人和我共同努力也许早就会失去的礼物，一件将永远让我幸福、时刻心存感恩的礼物。

载于《特别关注》

没有什么可以马上夺去你的生命，除非你自己放弃。哪怕是绝症，也存在足够的时间让你喘息，调整，并重新找回自己。奇迹也只发生在那些乐观的人身上。

后来居上

文 / [英] 彼得·霍姆 孙开元编

锲而不舍，金石可镂。

——荀况

每个星期日的早上，当我们全家人走在通往圣彼得教堂的路上时，经常看到年龄各异的人们在大街上跑步。英国的多雾天气给他们的跑步带来了阻挠，但是我很欣赏这些晨练者的热情。

不久前，伦敦举行了一场马拉松比赛，参赛者里有一位名叫塞安·威廉姆斯的女士。我认识塞安，她在 2001 年参加过纽约马拉松比赛，但是因为低纳血症险些丢了命。

我在研究那些马拉松冠军的过人之处的过程中，偶然看到了一本书《后来居上》，是由一位名叫查理·斯佩丁的奥运会马拉松比赛铜牌获得者写的。查理小时候的身体条件并不好，他上学第一次参加运动会跑步比赛时得了最后一名，但是他没有就此放弃。查理后来能在比赛中取得好成绩，和他自己观念的转变密不可分。在这本书里，他讲了自己的心路历程和奋斗过程。

查理在书中说："我相信，我的奥运会奖牌不是单由我的身体素质获得，而是凭借着我对于追求奥运会理想的热情得来的。"

查理在赛场上经历过无数次失败，在一次失败之后，他喝了几杯酒。查理在微醉中进行了深刻的反思，他认识到应该改变一下心态，尤其是他对自己所说的那些话。查理发现，也许他在下意识里确实觉得自己可以是个很好的运动员，但同时又缺少信心，觉得自己绝不会拿到什么奖牌。每当大学校友们问他的运动生涯进展如何时，他总是习惯性地回答：“还不坏。”查理在反思之后才意识到一种语言里有那么多单词可选，可是他偏偏选择了一个带有“坏”的词来形容他对于成功的努力。

成功者所持有的思想和言行通常会大大高于“一般”这个概念，而普通人很多时候会选择“不坏”来定义他们生活的各个方面。查理选择了特立独行，他认为如果改变了自己的口头语，就能改变自己头脑里的想法；改变了想法，就能改变行动；改变了行动，就能有一个崭新的结果。

查理把他想要改变的事情写在了纸上，其中有一张纸的标题是：“改变观念”。他在下面写道：“改进语言 = 跑得更快。”在另一张纸上，他写下了自己决心要改变的一些行为。

从此，每当他在训练时有了进步，他就告诉自己，这是一次完美的训练。他相信自己的下意识会把这个正能量储存在记忆里。

在重大比赛来临时，别的选手都是在督促自己要比以往更努力（只是一种想法，其实未必能做到），而查理告诉自己要跑出一次完美的比赛。他的下意识知道，这是完全可以实现的，因为在他的记忆里已经储存了无数次的“完美”经历。

查理的策略相当具有天才性，事实证明了这一点：查理在 1984 年获得伦敦马拉松比赛的金牌，同年又获得了洛杉矶奥运会的铜牌。

载于《知识窗》

人生比拼的并不是谁走得快，而是谁走得长久，走得远。有些人先天条件好，便可以快人一步，但这并不能阻挡那些条件不好的人一步步追赶上来，并最终超越。人生就是不断追赶，然后超越的过程。

不要低估你的梦想

文/［美］吉安·尚茨 庞启帆编译

梦想只要能持久，就能成为现实。我们不就是生活在梦想中的吗？

——丁尼生

这么多年，我总是做着同一个梦。在梦里，我又是一个小女孩，手忙脚乱地做着上学的准备。

“快点，吉安。你要迟到了。”母亲叫我。

“就好了，妈妈。我的午饭在哪儿？我的书呢？”我大喊。

我知道为什么总会做这个梦，它意味着什么。这是上帝用这种方式让我想起我的生命中的一些未竟之事。

我读中学的时候是20世纪30年代，学校在俄亥俄州的斯普林菲尔德市，虽然学校对学生要求很严格，但我热爱学校的一切。我爱书本、老师，甚至爱考试和作业。我渴望有一天在《威仪堂堂进行曲》的旋律中戴上博士帽。对我来说，这首歌甚至比《婚礼进行曲》更动听。

但是，我遇到了我一生中最艰难的问题。

在经济大萧条的冲击中，我的家庭是最困难的一个。我家有七个孩子，爸爸妈妈没有钱购物，比如好的校服。每天早上，我割一块硬纸板垫住穿洞的鞋底。我们没有钱买乐器、运动服，更不可能带着礼物去参加同学的派对。我们唯有自己给自己唱歌，玩纸牌，做作业的时候用力嚼洋葱。

这些艰辛我能忍受，只要能上学，我不介意我穿得怎样或者缺少什么。

但接下来发生的事，让我怎么也无法接受。我的哥哥保罗在一次意外事故中失去了生命。然后我的父亲得了肺结核，救治无望。我的妹妹玛格丽特得了同样的病，不久也去世了。

一连失去三个亲人的打击使我终日生活在悲痛中，我的功课因此落下了一大截。而我守寡的母亲为了维持一家人的生活，不得不含着泪继续去做一周才赚 5 美元的清洁工作。她的脸变成了一张绝望的面具。

一天，我对她说："妈妈，我打算辍学，找一份工作帮一下家里。"

她的眼睛一下子交织着悲痛与欣慰。

15 岁，我离开了我心爱的学校，去了一家面包店工作。我在《威仪堂堂进行曲》的旋律中戴上博士帽的梦想破灭了。

1940 年，我跟一个叫伊德的机械师结了婚，开始了一个新的家庭生活。然后，伊德决定成为一名牧师，所以我们搬到了辛辛那提，在那里他可以到辛辛那提圣经和神学院进修。随着孩子的出生，我的读书梦想永远逝去了。

正因如此，我发誓决不让我的孩子重蹈我的覆辙。我在家里摆满了书籍和杂志，辅导孩子做作业，激励他们努力学习。我的付出得到了回报。我的六个孩子考上了大学，其中有一个成了大学教授。

但是我最小的孩子琳达的健康有问题，她的手和膝盖的关节炎使她无法像其他孩子一样正常去上课。而且，药物的副作用给她留下了抽筋、胃部不适和偏头痛的后遗症。一听到家里的电话铃响，我就恐惧不已，因为我怕打来电话的是学校的老师，告诉我琳达在学校又发病了。每天，听到这一声"妈妈，我回家了"，我的心才完全放下来。

琳达已经19岁了，仍然没有取得高中毕业文凭。她重复了我的经历。

1979年，我们一家搬到了密歇根的斯特吉斯。安顿下来之后，我开车到当地的高中替琳达联系上学的事。在学校的公告牌上，我看到了一则夜校的招生信息。

这就是我要找的，我对自己说。琳达在晚上的健康状况比白天要好，所以我准备让她上夜校。

当琳达忙着填注册表的时候，我向夜校的教导主任提起了我年轻时的梦想。教导主任用他那极具说服力的眼睛看着我，说："尚茨女士，你为什么不重新回到学校来呢？"

我看着他的脸大笑道："我？哈！我是一个老太太，我已经55岁了。"

但他坚持他的意见。在我没有丝毫准备之前，我被登记进了夜校的英语和手工艺班。"这只是一次尝试。"我有些无奈地对强迫我入学的教导主任说。他只是微笑。

令我惊讶的是，我和琳达在夜校都取得了不错的成绩。在第二个学期，我再次回到了夜校，并且我的成绩在一步步提高。

再次上学是一件令人兴奋的事，但这不是游戏。坐在都是孩子的教室里让我颇感尴尬，令人欣慰的是，大部分的孩子都很尊敬我，并且给我鼓励。在那些日子，我仍然有一大堆家务需要做和孙辈需要照顾。有时候，为了弄懂课堂笔记，我一直忙到凌晨两点才睡。当有些笔记我无法理解，我的眼睛就会被泪水模糊，然后责备自己：我为什么这么蠢？

当我泄气时，琳达就鼓励我："妈妈，你现在不能放弃。"当琳达情绪低落时，我也给她打气。我们俩共同努力一起解决了一个个难题。

终于，毕业的时刻来临了，教导主任把我叫到了他的办公室。我忐忑不安地走了进去，害怕自己犯了什么错误。

他笑着示意我坐下。"尚茨女士，"他开始说道，"你在学校里做得非常棒！"

听到他的赞扬，我的脸像个小姑娘一样红了起来。不过，我感到很欣慰。

“恭喜你，”他继续说，“你的同学一致投票让你代表全班做毕业演讲。”

我一时不知所措。

他又笑，然后递给我一张支票。“还有，这是给你的小小奖励，因为你的努力学习。”

我看着那张支票，是3000美元的大学奖学金。我含着泪水一遍一遍地说着“谢谢”。

举行毕业典礼那晚，我被吓坏了。200人坐在礼堂里，在大庭广众之下演讲我还是头一次。我的心快速跳着，我想逃离，但我不能。毕竟我的孩子也坐在观众席上。我不能在他们面前做一个懦夫。

当我听到《威仪堂堂进行曲》的第一个音符响起时，我的恐惧在如洪水般涌起的惊喜中消失了。我毕业了。琳达也是。

终于，我做完了演讲。当掌声和喝彩声响起时我被吓了一跳，这是我有生以来第一次赢得这么多这么热烈的掌声。

之后，远在中西部的我的弟弟妹妹们给我送来了玫瑰。我的丈夫送给我一束丝绸玫瑰：“它们永远不会褪色，永远不会凋谢！”

本地的媒体对我的经历做了报道。看过报道的人，有为我流泪的、有给我拥抱的，更多的是给我打来了祝贺的电话。我也为琳达感到骄傲，因为她也以优异的成绩完成了学业，如果把我的一切荣誉给她，她也是当之无愧的。

1981年的那个夜校班已经成了历史，并且我后来继续接受了高等教育。

但我经常坐下来，播放我毕业时的演讲磁带。我听见自己对观众说：“不要低估你生命中曾经的梦想。如果你相信，任何事都可能发生。这不是幼稚的、不可思议的信念。只要你付诸行动，并且付出努力，你就永远不用怀疑你的梦想无法实现。”

然后，我又想起了反复出现的梦：“快点，吉安，你要迟到了。”

是的，妈妈，我上学迟到了，但我的梦想最终实现了，并且它给人的感觉一样甜美。我只希望你和爸爸在天堂里能看见你的女儿和你的孙辈们，幸福地沐浴在《威仪堂堂进行曲》的旋律中。

载于《情感读本》

当所有人都把梦想当矫情，把倔强当幼稚，把真诚当作矫情，把努力当无病呻吟，把懦弱当真理，那只能说那些人的内心已经死了。我有我的梦想，我就要捍卫它。

中国梦，也是每个人的梦

文 / 思想者

一个人可以非常清贫、困顿、低微，但是不可以没有梦想。只要梦想存在一天，就可以改变自己的处境。

——奥普拉

如果把中国比作一艘承载国家、民族和十三亿人民的梦之船，那么我们每个中国人都是船上的船员，我们的前途命运和这艘巨船紧密地绑在了一起，只有这梦之船顺利抵达彼岸，我们每个人的梦想才有真正实现的可能。

如果中国是一部正在书写中华民族伟大复兴的壮丽史诗，则需要我们大家都积极热情地去参与，你写一页，我写一页，坚持不懈，美好的“中国梦”的史诗终会完成。

中国梦是个人梦的承载，个人梦是中国梦的依托。中国梦与个人梦紧密地联系在一起，国家好，民族好，大家才会好。

中国梦归根结底是人民的梦。就是要让人民有更好的教育、更稳定的工作、更满意的收入、更可靠的社会保障、更高水平的医疗卫生服务、更舒适的居住条件、更优美的生活环境，而这一切，也是每个中国人殷切期盼和追求的，从这个意义上说，中国梦也是每个人的梦。

此外，我们还可以这样理解：中国梦并非只停留在国家和民族这个宏观的层面上，如果最终不能为全体人民谋幸福，那么中国梦就不可能被大家认同和接受，并且心甘情愿地为之奋斗。如前所述，中国梦是我们共同的期盼，是人民的梦，其出发点是要让中国人都过上更加富裕、更有尊严的生活，最终实现每个人自由而全面的发展。正因如此，中国梦才成为每个人的梦，它既是宏观的，也是微观的，它的落脚点一定要落在个人身上。

每个人的努力，每个人的创造，每个人不懈追求美好梦想，始终与振兴中华的历史进程紧密相连，这一点我们在古代优秀的中华儿女身上得到了印证。

东汉的张衡，他的梦想是探索星空的奥秘。他创造了世界上第一架能比较准确演示天象的浑天仪。整个结构是用漏壶滴水的力量使它按一定的时刻慢慢转动，人们可以从上面看到星体的出没。此外，张衡还发明了世界上第一台地动仪，比欧洲创造的地震仪器早了1700多年。

西汉的司马迁，他的梦想是“究天人之际，通古今之变，成一家之言”。他发愤著史，其间虽受腐刑而矢志不渝，历经十几年的艰苦创作，终于完成了不朽之作《史记》。这是一部纪传体通史，生动翔实地记载了包括黄帝以来两千多年来各方面的历史，前无古人，堪称“史家之绝唱，无韵之《离骚》”。司马迁的《史记》为中华文明做出了重大的贡献。

明代的徐霞客，他的梦想是游历祖国山川，考察地理地貌。他从22岁开始徒步四方，并将其游历、观察和研究记录下来，旅途中常常饥渴劳顿，多次遇盗、绝粮，也曾深陷险境。他以锲而不舍、科学求真的精神，献身于祖国的旅行考察事业，写成了具有高度学术价值的杰作《徐霞客游记》。

清代的曹雪芹，他的梦想是写一部长篇小说《红楼梦》。他写作既不是为名，也不是求利，而是借此控诉封建社会的腐朽和无情，为封建社会鸣丧钟。在创作过程中，他常常穷到“举家食粥酒长赊”的地步，有时连稿纸也买不起。虽身患疾病，而无力求医，却痴心创作，“披阅十载，增删五次”，字字皆是心血凝成，才有了伟大的《红楼梦》，它不仅是中国古典小说的巅峰之作，还成为世界各国人民最珍爱的文学名著之一。

在中国历史上，建功立业的人物不胜枚举，即便是普通人为美好梦想的奋斗，同样是在创造中华文明的历史。因此，从国家的维度看，个人的梦想属于中国梦的范畴，是中国梦的生动体现。

尽管每个人理想中的“中国梦”各不相同，但是，我们的同胞毕竟都在沿着那一道清新的曙光携手同行，那光明里一定有我们各个梦想汇集在一起的结晶，那就是我们共同创造的中国梦。

载于《格言》

祖国就是我们航行的大船，载着我们驶向不知名的地方，一路寻找，一路相遇，一路收获。中国梦就是个人梦想的综合。只有每个人找到归属感，这艘大船才会走得越来越远。

不信人间耳尽聋

文 / 秦若邻

如果整个世界是公正的话，勇气就没有必要存在了。

——普鲁塔克

“竹林七贤”之一的阮籍，生在魏晋乱世，举目皆是令人惊心的鲜血和头颅，偏偏他又是个心中充满历史感与文化感的文人，他的内心承受着巨大的伤痛。

阮籍痛苦的时候，就一个人驾着破旧的马车游荡。车上载着酒，在泥泞的路上颠簸。马突然停下了，阮籍一看，前面真的没有路了。他问自己：真的无路可走了吗？他的眼泪夺眶而出。

他胸中的愤懑之气突然涌向喉头，他长长一吐，变成一种尖利、高亢入云的啸声。

这样尖利的啸声，携着他的痛苦，在山风暮霭之间缭绕，翻转腾挪。他想寻找一双能够听见他痛苦呐喊的耳朵。

他不信人间耳尽聋。他在无路可走之时，一次一次，吟啸复吟啸。

痛苦的阮籍，让我想起了痛苦的鲁迅。

在阮籍之后的许多年，又逢一个乱世，有一个名叫鲁迅的人与阮籍不谋而合地发出了呐喊之声：“人生最苦痛的，莫过于梦醒了无路可走！”

无路可走的时候，阮籍选择了悲怆的吟啸；而鲁迅，选择了痛楚的呐喊。

不到十岁的鲁迅，不，那时他还不叫鲁迅，也不叫周树人，他叫周樟寿。因为父亲生病，小小的他经常出入当铺和药店之间。药店的柜台跟他一般高，而当铺的柜台却比他高出一倍。他吃力地把几件衣服或首饰送进当铺里，在轻蔑的眼神里接过一点钱，再跑到药店给父亲买药。如此熬过漫长的几年，家里已经无东西可当，父亲也撒手归西。

贫寒没有阻挡鲁迅奋发的脚步，他终于在 21 岁时考取了官费留日生，去日本留学学医，目的是救治像父亲那样的病人，使中国人摘掉“东亚病夫”的帽子。作为一位弱国国民在日本读书，他受尽了歧视，就连解剖学他考了个“59.3 分”，都被怀疑是老师泄了题给他。

他偶然一次在一部纪录片电影里看到日本人砍杀中国人示众的镜头，那些围着看热闹的中国人，各个有着强壮的体格，可是看着同胞被砍头却显出完全麻木的神情。他悚然发觉，此时学医是无意义的，精神的愚弱比肉体的虚弱更可怕。凡是愚弱的国民，即使体格如何健壮，也只能做毫无意义的示众材料和看客。所以第一要务，就是要改变他们的精神，而善于改变精神的，是文艺。

回国之后，面对黑暗而麻木的一切，他感到深深的痛苦，他独自住在北平绍兴县馆久无人居的屋子里，久无人居是因为院子里的槐树上曾经自缢过一个女人。他却一个人住了进去，夏夜苦闷的时候，他常常坐在那棵缢死过女人的槐树下，从密密的枝叶缝隙里看那被切割成小块的浑蒙天空，间或还有肉乎乎的槐蚕凉冰冰地落在头颈上。

在他看来，缢死的女人灵魂并不可怖，可怖的是周遭的黑暗与麻木。

他觉得自己的四周是一间绝无窗户又万难破毁的铁屋子，里面有许多昏睡的人们，不久就要闷死了，然而他们却浑然不觉。所以，他要呐喊，呐喊，哪怕喊醒了有限的几个人，也许就有了毁坏这铁屋子的希望。

所以，他积极为钱玄同等人创办的《新青年》杂志写稿，以期以笔为喉，用文艺唤醒愚钝昏睡的国民，他声嘶力竭地呐喊，呐喊……

他有限的时间和生命，几乎完全用在了用笔呐喊上，日常生活简至不能再简——虽然夜间熬夜写作，饭菜也只是一两样普通蔬菜。很少吃鱼，因为他认为鱼的细骨太多，吃起来太费时，时间浪费在这上面太可惜了。常常写作到凌晨两三点才休息，而且常常是衣裳不脱就这样和衣倒下睡两三个小时，然后醒来抽根烟喝杯茶，继续写作。《呐喊》里的许多小说他就是这样完成的，《狂人日记》《药》《阿Q正传》《风波》《明天》……他认为写小说是不能断的，一断，人物的气就会接不上来。

是的，物质的简陋对于他不算什么，但要让这样一位“我以我血荐轩辕”的人去忍受精神上的贫乏，是万万不可的。那是一种更为深重的心灵折磨，比物质匮乏的折磨深重得多。

他呐喊着，心事浩茫连广宇；他呐喊着，怒向刀丛觅小诗；他呐喊着，血沃中原肥劲草；他呐喊着，在《药》里瑜儿的坟上添一个花环；他呐喊着，在孔乙己的断腿上凝聚一丝怜悯的目光……

从他呐喊得日渐嘶哑的喉头往下看，看到了一颗心，一颗永远鲜活着的痛苦而悲悯的心。

载于《青年博览》

鲁迅先生在日本留学的时候便提出“民族劣根性”一词，后毅然回国踏上救亡的道路。现在来看，一个人的力量虽然有限，但依然可以唤醒沉睡的人们，一传十，十传百，总会收到效果。所以，我们的社会依然缺少这样敢于呐喊的人。

蔡元培的大方

文 / 徐伟

一个人有无成就，决定于他青年时期是不是有志气。

——谢觉哉

1918 年 7 月 6 日上午，在每周例行的校务会上，北大校长蔡元培宣布了一个议题："关于为学生社团新潮社创办刊物划拨经费的问题。"他的话音刚落，有人朗声问道："您打算给他们多少钱？""他们的预算是 1800 元，我计划给 2000 元，以助其办出更有水准的刊物。"蔡校长回答。这不啻一声惊雷，台下立刻炸开了锅："校长啊，您也太大方了吧？这群毛孩子本就像一匹匹野马，说不定什么时候就闹出事来。所以，必须将其拴到桩子上，以防伤人。""就是！就是！您要是一再纵容他们，任其撒野，势必小妖精都成了兴风作浪的哪吒，大妖精都成了大闹天宫的孙猴子。这次，您若答应他们，就是助纣为虐啊！"

蔡校长听罢哈哈大笑："大学要培养的就是有思想有作为的人才，而不是循规蹈矩的应声虫。只要他们闹得合理，我们都支持。希望我们的学生多一些哪吒，多一些齐天大圣。"

就这样，在月经费并不充裕的情况下，蔡元培力排众议，给新潮社拿出 2000 元钱创办杂志。这本杂志便是当时仅次于《新青年》的、对青年学生影响极大的《新潮》杂志。而新潮社的组织者傅斯年，后来成了五四运动学生领袖之一，担任游行总指挥。

载于《做人与处世》

少年智则国智，少年独立则国家独立。可是这个前提在于有非常先进的思想灌溉这些祖国的花朵，并给予支持。蔡元培先生为我们做出了很好的榜样。

马云的金质沙粒

文 / 彼岸花香

我们总是将焦点集中在内部沟通，而忘了对外与顾客的沟通。

——麦克法霖

2014 年 9 月 19 日，阿里巴巴集团在美国纽约证券交易所上市了。出乎所有人意料的是，敲响上市钟声的不是阿里巴巴总裁马云，也不是公司高管或他们的朋友，而是八张陌生的面孔——他们是淘宝产业链 8 个代表：卖家、买家、客服、快递、模特、农民网商、国外网商、服务商。马云和他的团队则站在台下，为敲钟的客户代表鼓掌。

一家公司把上市最重要的时候献给了普通的客户，马云到底是怎么想的呢？现场媒体对马云进行了采访："您经过多年的努力拼搏，终于迎来今天成功的一刻，理应接受世界的瞩目。可您为什么让普普通通的客户代表做敲钟人，享受这份尊贵礼遇？"马云笑着说："客户普通？错了！他们都是金质沙粒。""哦，为什么这么说？"记者好奇地问。"中国有句古话叫'聚沙成塔，集腋成裘'。这些客户就像一粒粒沙子，如果没有他们，阿里巴巴不可能建成今天这样的金字塔，我也不可能站在金字塔的顶尖。所以，阿里巴巴要感谢他们。在未来的日子里，阿里巴巴也要靠着互联网的黏合力，将他们聚合成可以抗击石头的力量。"马云郑重地回答。

马云把客户比喻成沙子，可谓精妙。淘宝上千千万万的客户，看起来是那么渺小、独立、不起眼儿。马云靠着互联网，将其凝聚在一起建成庞大帝国。马云懂得他们成功了自己也就成功了。因此他一再强调“客户第一”，世人也由此见识了“全球最独特”的敲钟方式。

载于《做人与处世》

一个篱笆三个桩，一个好汉三个帮。一个人的力量终归是有限的，可是如果聚合资源，联合更多的人，集体的力量却是无穷的。你愿意跟别人分享你的成果吗？

第三辑

要在火星上退休的人

从最初站在镁光灯下到今天的辉煌成就，昔日的小女孩已经长大，即便纯真依旧，却多了几分成熟女子的自信与风情。她说：“我知道我喜欢什么，想要什么，所以我很努力。我是个很稳重、认真的人。”

绽放的青春才美丽

文 / 冠豸

青春，就像受赞美的春天。

——勃特勒

一

姚佳转学来后，我在学习上的霸主地位就岌岌可危。第一次数学小测，她就以满分之势把我拉下马，让我怀恨在心。姚佳不仅成绩好，长相甜美，她还有很好的人缘。才转学来不到一个月，就在班上建起了一个以她为中心的大圈子。每天放学回家，一群人簇拥着她谈笑风生。

我冷眼旁观，心里不解，还有些不屑。才来几天呀，如此张扬？

我和班上的同学相处了两年，也没什么交情。“独善其身”是我信奉的人生信条。

二

在小学时，我的父母就双双下岗了。

有一天夜里，起床上卫生间时，我隐约听见了从父母房间传出来的妈妈压抑而伤心的哭泣声。我屏气凝神，小心翼翼地趴在门上听。“天无绝人之路，虽然下岗了，但只要我们勤劳点，还是可以过活……”爸爸在安慰妈妈。在他们断断续续的诉说中，我终于明白了事情的真相：他们已经下岗两个多月了，找工作四处碰壁，收入无来源，而在这节骨眼上，在老家的爷爷又生病住院，需要花费很大一笔钱。

回到房间，我一个人躲在被窝里哭，我知道这个家已经和以往不同了。只是我没想到天亮后，妈妈依旧微笑着叫醒我，送我去学校，爸爸也一如既往地拍拍我的肩膀说："早上好呀，小宇星。"一切如往昔。但敏感的我还是感觉到了妈妈笑容背后的酸楚和爸爸坚毅目光里的那抹无奈。我想哭，但我强忍住了，也用明媚的笑脸回应他们。

也就是从那时起，为了生活，父母开始在菜市场门口摆摊卖水果。他们一直瞒着我，但这一切我都知道，我还亲眼看见过妈妈被顾客骂得灰头土脸，看见过他们招揽生意时那近乎献媚的笑容。

生活悄然改变了他们，但我要和他们一起维护他们在我心目中最初的形象，所以我佯装不知。在父母面前，我天真烂漫，但离开家后，我就沉默寡言，不与人交往，完全投入学习中。我知道我的好成绩可以为父母带来欣慰。整个小学阶段，我的成绩都名列前茅。

班上的同学攀比成风，他们比衣服的牌子，住房的大小，父母的工作、收入、当多大的官。每次在他们争得面红耳赤时，我都会远远地避开。我害怕他们问到我父母的工作。我不愿说谎，但也无力承受这样的伤害。

我不需要同情。我高高在上的成绩足以让他们仰视。我倔强地拒绝别人的友谊，渐渐地，我就习惯了一个人独处。

三

有一件事，已经过去好几年了，但我一直不曾忘怀，那种伤害刻骨铭心。

那时，我读五年级。4 月 25 日是我的生日，我没想到我的同桌也是那天生日。放学前，他就邀请了很多同学晚上去他家，说他妈妈会为大家煮上一大桌好吃的菜，还有水果蛋糕。他也邀请了我。其实我很想去看看，别人家是怎么样过生日的。但犹豫一阵后，我还是决定不去。我的父母对于过生日的事从来不热衷，以前日子好过时，他们也没给我过生日，后来的日子，我更不会在生日这天，要求他们给我礼物。

那天放学后，我用自己积攒下来的零花钱买了个万花筒，本想留给自己，但想了想，还是决定把它送给同桌。我是委托同学把礼物带过去的，然后一个人在街上逛了很久才回家。父母每天都要很晚才回来，早早回去，冷清的家会让我备感寂寞。

第二天上学时，他们一直在讲生日宴会上丰盛的菜肴，硕大的水果蛋糕，还有大家送去的五花八门的礼物。

“宇星家很穷吗？平时没看出来，他这人真小气，居然只送了一个万花筒，怪不得没脸去……”一个女生轻声嘀咕。虽然她说得很小声，但我还是听见了。瞬间，我的脸通红，连耳根都热辣辣的，仿佛被人当众掴了一记耳光。那女生还在说，旁边的男生马上转过头来看我，然后提醒她闭嘴，几个人说说笑笑走到教室外面。

我的泪噙在眼眶，强忍着，却还是不争气地流了出来。

生日的晚上，从街上回来后，我一个人在家，没有蛋糕，没有祝福，我独自点燃停电时家里备用的蜡烛，在微弱的烛光中，默默为自己唱生日歌。那样的凄迷中，我没有泪。我不怪父母从来没给我过生日，他们整天忙碌，没日没夜地辛劳，一切都是为了我。爱的方式千万种，父母有他们爱我的方式……

在他们走开后，我迅速地抹干眼角的泪痕。我怎能为这点小事难过呢？我和他们从来就不是一条道上的人。

四

有一天，终于有同学知道了我的父母在菜市场门口摆摊卖水果。一时间，全班沸腾，他们怎么也不相信，我居然会是小贩的儿子，他们莫名其妙地幸灾乐祸。

看着无动于衷却一脸倔强的我，他们自省过吧，慢慢地，他们对我说话客气了起来。可能是怕伤害我吧，还是怕激怒我？他们与我交往时更加小心翼翼，可是他们越这样，我越是疏远他们，裹紧自己的心。

以前，我只是刻意地不与人交往，后来是变本加厉地孤傲，对谁也看不上眼。学习上，我却是更加努力。我认为，唯有读好书，考上好大学，才是我最好的出路。

升上初中后，我依旧冷漠地面对身边的同学，跟谁都没有知心话可说。习惯沉默，有时觉得语言都是多余的。刚开始，因为成绩好，常有同学来问作业，但我总是漠然置之。几次后，大家都知趣地不再来问我。他们在背后讲我无情，说我是个怪胎。

以前的生活就是这样度过的，孤独却也充实，因为我心里充满了自信和对未来的渴望。我想，只要考上好大学，找到好工作后，一切都会改变的。

我没想到升上初三时，会遇见那个叫姚佳的甜美女生。她的出现，改变了我。

五

姚佳爱笑，整日里乐呵呵的，晶亮的眼睛透着一股灵气。

她来不久就和大家打成了一片。甜美的笑容，不拘小节的个性，再加上优秀的学习成绩，很快赢得了大家的喜欢。当第一次数学小测，她一下就把高高在上的我拉下马时，大家欢欣鼓舞。

大家都受够了我的傲慢，现在就想看我失落的样子。他们围着姚佳，把她奉成了英雄。特别有几个女生，更有一种“报仇”后的快感，她们故意当着我的面恶搞歌曲来气我。

我没想到姚佳在这种时候还会主动和我打招呼。我以为她是故意让我难堪就没理她，脸上写满冷漠。这是我保护自己唯一的方式。碰了一鼻子灰的姚佳并不恼，面对我冷漠的脸居然还能笑逐颜开。

一次次面对她笑容可掬的脸，我紧绷的神经渐渐松弛下来。

姚佳一定是从同学那里了解了我过往的事，有几天，她看我的眼神有些爱怜。我不屑地笑了起来，心里却莫名地难过。以前，我没有渴望过友谊，但这次，我希望能和她成为朋友。不是因为她学习上咄咄逼人的气势，而是她真诚的笑容，让我感动。

“其实宇星很善良，他只是不习惯和大家交往……”一天中午，我进教室时，突然听到姚佳和几个同学在聊天，他们说到了我。抬起的脚轻轻放下，我躲在教室外面。“宇星就是太傲了，让人敬而远之。”一个女生插话。“每个人都有自己的行为方式，只要他没有伤害别人就行了，但我真希望他能够快乐起来……”又是姚佳的声音。第一次，我听到有同学为我辩护。她居然明白我的心，我的泪就那么不设防地汹涌而出。

与姚佳平静地相处了一段时间。学习上，我们难分伯仲，只是在生活中，她天天有许多同学陪伴，而我依旧独来独往。

放寒假前的一天，姚佳偷偷递给我一张纸条。上面写着：

“宇星好！从同学那里，我知道了你许多事情，也知道你的家境。其实说到家境，像我这种打工子弟，又有什么家境可言呢？出生由不得我们选择，但生活的方式，生命的状态却是由我们自己把握的，不是吗？青春不需要卑微的自信，这种自信只是自卑的一种伪装……没有朋友的生命旅程是孤单的，也不完整，即使再华美，它也是一种残缺。我希望你能成为我的朋友，也希望你能敞开心扉交更多的朋友。聪明如你，一定明白我话中的意思，对吗？希望新年开学后，能够看见一个阳光的真正自信的你，我们一起努力……”

这是我第一次收到女生的纸条，也是我第一次真正深入地思考关于人生的问题。看着姚佳写给我的纸条，我陷入了沉思。

载于《情感读本·道德篇》

年少的时候，总是固执得像是开在角落的花朵，拒绝阳光，也拒绝更多的爱。自以为是地认为，与别人有交际便会丢了所谓的面子。长大以后才发现，每个人都不可能孤立地存在，因为活着就是相互取暖的。

朝着喜欢的方向努力才会成功

文 / 袁恒雷

人生重要的不是所站的位置，而是所朝的方向。

——佚名

1981 年 6 月 9 日，她出生于以色列耶路撒冷，3 岁后随全家搬到纽约。她有一个幸福的家庭，母亲是艺术家，父亲是名医生。虽然初到美国的他们并不富裕，但父母将全部的心血倾注在她的身上。

4 岁开始，她便接受舞蹈训练，并能在舞团里正式参与演出。10 岁时，露华浓公司一位经纪人邀请她担任儿童模特，但被她婉拒——因为她要全身心投入舞蹈表演。

13 岁时，她在父亲的书房读到了一个剧本，读着读着就感动地哭了。心里萌生出参演这部电影的想法。但她的父母不同意——认为她年龄尚小，不适合演成人角色。可在女儿的一再坚持下，父母终于同意她去试镜。起初，导演组并不看好她，但她强烈要求回到镜头前再试一次，总导演吕克·贝松被这个小姑娘执着的精神与惊人的悟性打动了。而她也凭借《这个杀手不太冷》中的角色崭露头角。这以后，她开始边读书边演戏的生活。

1999 年，18 岁的她收到了哈佛大学心理系的录取通知书。当她来到哈佛后，有同学以为她就是一个“无脑的演员”，向她投来不屑的目光。然而事实很快证明他们错了！并不知道她是明星的艾伦·德肖维兹教授不久就发现了她出众的才华——他最欣赏的是她的一篇关于测谎仪的论文，因此艾伦教授让她做了自己的研究助理，师生俩至今仍保持着友谊。

在大学期间，她先后发表了有关婴儿前额叶发展与视觉记忆的论文，以及以近红外线光谱学成像法研究大脑功能的论文。除了在哈佛主修心理学外，她又研习并很快精通了法语、希伯来语、德语、阿拉伯语和日语五种语言，她还以客座讲师的身份在哥伦比亚大学讲授恐怖主义与反恐怖主义的课程。

经过大学校园文化的洗礼，她的学识与修养更是不可同日而语。

虽然她还年轻得有些害羞，但她的头脑已足以常常让导演和其他的明星表示敬佩；虽然她长得仍有些纤弱，说起话来还充满了青春少女的气息，但她的表达能力却常常让人叹为观止！在日常生活中，她穿着朴素，戴 3 元钱的耳环，穿普通的运动鞋，存有 40 件 T 恤和 20 条牛仔裤——她不知道这些衣物的牌子。她唯一上心的是手袋，但因为小时候的梦想是当个兽医，所以她 8 岁就开始吃素，成为严格的素食主义者。她说："我从不抽烟喝酒，更不会去尝试毒品，因为美人鱼和天使都不会那样的。"

2009 年，她接拍了电影《黑天鹅》，为了演好这个角色，她坚持了将近一年的魔鬼式训练——每天都要进行 5 ~ 8 个小时的舞蹈和游泳培训。而且还要注重节食——她成功瘦了 20 多斤。编舞的最后关头，她在一个托举动作中因肋骨错位而受伤，却强忍着疼痛坚持训练。她说，对芭蕾舞者来说，这是家常便饭。

在 2010 年上映的电影《社交网络》中有这样一段台词："哈佛出了 19 个诺贝尔奖得主，15 个普利策奖得主，2 个奥运明星，还有 1 个电影明星。"而她就是那个电影明星——娜塔莉·波特曼。

2011 年，她凭借《黑天鹅》的出色表演将奥斯卡金像奖、英国影视学术学院奖、美国电影独立精神最佳女主角等一系列桂冠戴到头上，刚刚而立之年的她，便成了世人瞩目的电影皇后。

从最初站在镁光灯下到今天的辉煌成就，昔日的小女孩已经长大，即便纯真依旧，却多了几分成熟女子的自信与风情。她说：“我知道我喜欢什么，想要什么，所以我很努力。我是个很稳重、认真的人。”

载于《做人与处世》

你是什么样的人，便会听什么样的歌，写什么样的文，走什么样的路。这些事情相同点在于，都是你喜欢并愿意去做的。所以，既然是你选择的路，那你就该去坚持，因为这是你最热爱的，当然也就更容易坚持！

要在火星上退休的人

文 / 段奇清

耳闻之不如目见之，目见之不如足践之。

——刘向

世界上掌握航天器发射回收技术的只有四个：美国、俄罗斯、中国，还有埃隆·马斯克。

不要以为埃隆·马斯克是一个泱泱大国，他不过是美国的一位企业家。马斯克生于南非，18 岁时移民美国。2013 年的一天，41 岁的马斯克说："我要在火星上退休。"千万不要以为他这是天方夜谭或痴人说梦，而对他嗤之以鼻。其实他已将一个个"天方夜谭"变为现实。

发射火箭从来都是发达国家的事，可他就有雄心跻身其中，一定要将火箭送上天空。那还是 2002 年 1 月，即马斯克 30 岁时，有那么一段时间，无论到哪里，他的口袋里总会装着《火箭推进基本原理》等一类的书，一旦有点儿时间他就认真研读，不到半年，马斯克硬是把那些枯燥无味的推论、定理一一掌握。之后，他开始游说了，技术精英们一呼百应。

"那天暴热，气温达到了四十几度，马斯克打电话约我见面，两小时以后我意识到这是一个梦想成真的时刻，大公司里永远都不会有这样的机会，我要是不立刻行动，将来老死了躺在棺材里我都会跺脚后悔的！"说这话的是克里斯·汤普森——麦道飞机公司里主持“大力神”火箭的设计者。与汤普森有同感的还有世界最大的引擎制造商 TRW 的液体推进器专家汤姆·穆勒，以及在波音公司当了 15 年“Delta”火箭的测试主管蒂姆·布扎……

尽管在马斯克初创 SpaceX 公司时就有这些精英倾力为他工作，但一家私人公司独立研发可发射升空的火箭，其困难超乎想象。2006 年，他们开发的猎鹰 1 号火箭首次发射，仅仅一秒后就因燃料管破裂而失败，此后又经历过多次挫折。后来马斯克在接受《华尔街日报》采访时说，2007 年到 2009 年是他“一生中最糟糕的两年”，猎鹰 1 号火箭试射失败，妻子要与他离婚。“那些等着看笑话的人差点就如愿以偿了，我每天几个小时几个小时连续发疯似的工作。”

一个志向宏大，能不断从失败中吸取教训的人，成功其实只是迟早的事。2008 年 9 月，猎鹰 1 号运载火箭终于发射成功。成功就会有人来捧场：美国国家航空航天局与马斯克们签订合同：承诺为之提供支持资金 10 亿美元。

这让马斯克们如虎添翼，紧接着他们开始制造“龙”飞船，飞船外形呈“子弹”状，可以乘坐七人。2011 年美宇航局与他们签署一份价值 16 亿美元的合同，任务是让龙飞船为美国宇航员提供十二次运输补给任务。这使得龙飞船成为全球屈指可数的商用太空飞船之一。2012 年 5 月 31 日，“龙”太空舱与国际空间站对接后返回地球，成功开启了太空运载的私人运营时代。

“最快在十年内，我的飞行器就有能力将乘客送上火星，最不济 15、20 年也就够了。”马斯克在接受媒体采访时表示：“我的终极目标是要让人类在火星上定居。”由此马斯克有了在火星上退休的打算。

总结他们成功的经验，最突出的就是“简单”，从而达到目的可靠性和低成本。在加州地区 5.5 万平方英尺的 SpaceX 公司总部，没有庞大的开发实验室，没有一大群博士，也没有政府津贴，就那么几个精英在为制造火箭忙碌着。他们大量采用了成熟技术和成熟设备，为了降低成本，马斯克们找最便宜的打捞公司在海底打捞火箭残骸，以获得尚可利用的设备、零件及原材料。

他们的成本因而极其低廉，如成功将“龙”太空舱运往国际空间站的猎鹰 9 号火箭，研发费用仅仅 3 亿美元，不到美国渐进一次性运载火箭 (EELV) 研发费用 35 亿美元的十分之一；猎鹰 9 号火箭的标准发射费用为 5400 万美元，而在美国火箭发射市场占据垄断地位的联合发射联盟 (ULA)，平均每次发射需 4.35 亿美元。

马斯克并非“富二代”，所有钱都是凭着他的智慧与辛苦挣来的。1995 年，他和弟弟开发了一个在线内容出版软件 Zip2。四年后，Compaq 公司以 3.07 亿美元现金和 3400 万美元股票期权将其收购。随后，马斯克又与人合伙创办了贝宝（PayPal）——开创网上第三方安全支付平台的先河。仅仅三年，PayPal 用户达到 1.1 亿，2002 年 10 月 eBay 以 15 亿美元将其收购，马斯克则通过这桩收购获得约 3 亿美元。

2003 年，电动车还停留在概念层面，性能饱受诟病，无法满足人们的日常生活需要。但马斯克推出的第一款电动跑车 Tesla Roadster，解决了高容量电池和高性能电机等关键技术问题，单次充电可行驶 393 公里；2009 年 10 月，他更是将自己创造的这一纪录刷新到 501 公里。如此先进的电动车，在全球却是最便宜的，因此非常畅销。

这些也为马斯克造火箭提供了资金。

日前，马斯克再次用自己的想法引爆全球：设想一下，未来坐进密封的胶囊舱，之后胶囊舱在低压管道中以每小时 1200 公里的时速穿梭，如只要两小时就能从纽约到北京。鉴于马斯克一次又一次将“天方夜谭”变为现实，没有谁怀疑速度将是火车的三倍、飞机的两倍，从纽约到北京票价只要 20 美元的“超级高铁”的可行性。

因为这些，马斯克被称为“真正的钢铁侠”。

马斯克的故事再次向我们诠释，世界奇迹就在敢想敢干且脚踏实地之中。

载于《青年博览》

也许你有很好的点子，可是除了整天夸夸其谈，也没见你行动一步；也许你是天才，理论知识烂熟于心，就差去实践。你是空想家，还是实践者？不要浪费时间了，去放手大干一场吧！

不要嘲笑有梦想的人

文 / 冠豸

梦想无论怎样模糊，总潜伏在我们心底，使我们的心境永远得不到宁静，直到这些梦想成为事实。

——林语堂

杨安民是我的初中同学。平凡、本分、成绩垫底的他在班上默默无闻，就像“隐形人”一样，明明在眼前，也会让人视若无睹。同学两年，我都没有和他说过几句话。

临近毕业的最后半年，我们同桌了三个月时间。我不喜欢他，也看不起他，觉得他笨。那时面对呼啸而来的中考，大家都争分夺秒，根本无暇顾及其他。

在最后兵荒马乱的冲刺阶段，老师为了增强大家的自信心，也为了让大家更明确自己的人生目标，召开了最后一次主题班会：我的理想。

毕竟要初中毕业了，大家说到理想时都有些难为情，再不会像小学时那样天真，一开口就是要当科学家、文学家、画家，讲一些遥不可及的宏大梦想。

我们先是谦虚，然后闪烁其词，面对未知的人生，都不是很明确自己真正的理想，但因为成绩还不错，比较有底气，说出的理想都比较让人钦慕。

大家轮番而上，掌声阵阵。

轮到杨安民时，他才站起来，窃窃私语的教室里突然就传来一阵喧闹的哄笑声。我明白那些笑声的内容：杨安民成绩那么差，能混到张初中毕业证书就不错了，他还能有什么理想呢？让他讲理想简直就是浪费时间。

杨安民应该是听懂了那些嘲笑声吧，他的脸倏地涨得通红。但他犹豫了一下，还是坚定地走上了讲台。心里紧张，他的声音有些哆嗦，他说：“我以后，以后要开一家，一家属于我自己的汽车维修店。”他把“汽车维修店”几个字讲得铿锵有力。

“呃，看不出来，杨安民同学理想蛮远大的，想当大老板呀？”

“杨老板，那以后我们找你修车，有没有打折呀？”

各种嬉笑声伴着此起彼伏的调侃很快就将杨安民淹没了，根本没有人相信，默默无闻的“隐形人”杨安民以后能当老板，会开起一家属于他自己的汽车维修店。

“我说的是真的，我喜欢修车。”杨安民在大家的嘲笑声中再次肯定了自己的理想。但没有人理睬他，谁都当他在做“白日梦”。一个成绩垫底的学生还想当汽修店老板？他以为当老板是那么容易的事情吗？

主题班会结束后不久，中考也接踵而来，我们在嘲笑杨安民的时光里结束了初中岁月。

中考后，我听同学说，杨安民考得很差，只能读技校。这是意料之中的事，我没有一点惊讶。

我考上了重点高中，三年后参加高考，成绩不大理想，只上了一所二本院校。四年后大学毕业，考研不中后就开始马不停蹄地找工作。在忙碌的生活中，与以前的老同学渐行渐远。

在日渐烦琐的生活中，我们早已遗忘了自己最初的理想，每天都是为了生活而工作。其实在青春年少时，我们都曾有过自己的梦想，只是未来那么遥远，我们没有勇气说出口，害怕被人嘲笑。

没有想到多年以后，我会在杨安民的汽车修理店里与他相遇。看见他时，我们彼此都愣住了，过了一阵才相认。他热情地与我相拥，然后招呼我到他的会客厅说话。

我们聊起了青春年少时的岁月，聊起了曾经的梦想。他说，他初中毕业后去技校学汽车修理，后来就先在别人的汽修店里打工，并且一直在筹备资金、积累经验。

“我一直没有忘记自己的理想，并且在付诸行动，三年前，我终于开起了自己的第一家汽修店。”杨安民平静地说，他的目光却坚毅而充满自信。

眼前的杨安民让我疑惑，他就是以前班上那个平凡、本分、成绩垫底的“隐形人”吗？

如今，杨安民已经开了三家汽车修理连锁店，经营得风生水起，生意红火。他说他的第四家店也在筹备中了。在他说话时，我的思绪却开始游移，久远的往事又浮现在眼前。

那时我们都在嘲笑他的理想，觉得他是在做“白日梦”。然而，在流逝的岁月里，经过多年的努力打拼，当年的同学中唯有他实现了自己最初的梦想。

有梦想的人是值得尊重的，而能够一步步脚踏实地去实现自己梦想的人更值得尊敬。看着眼前的杨安民，我想到了自己，意识到自己是该重拾梦想的时候了。

载于《知识窗》

梦想是什么？最简单的印证的方法是：你有很多个夜里因为梦想要成为什么样的人而激动不已，有时候甚至有你已经成功了的错觉。你有这样的夜晚吧，那就去实现吧，因为时间不会等你！

一个人的美德无关他人的态度

文 / 孙道荣

人不能像走兽那样活着，应该追求知识和美德。

——《神曲》

办公室内，大家为一件事激烈地争执。

事情的起因，是一位同事孩子的遭遇。同事的孩子还在读小学。暑假的一天，小家伙在去新华书店的路上，遇到了一个怀抱孩子的年轻女人。年轻女人先是问他路，怎么去火车站。小家伙热情地为她指点，从哪里坐哪路公交车，就可以直达了。问完了路，年轻女人又面露难色地对他说，自己是外乡人，来杭州旅游的，但是钱包被人偷了，能不能给她点坐公交的零钱？

同事的孩子听了年轻女人的故事，从口袋里掏出钱包，看了看，里面正好有几枚硬币。小家伙毫不犹豫地将硬币全部拿给了年轻女人。年轻女人连声称谢，夸他是个善良的孩子，眼睛盯着小家伙的钱包。小家伙的钱包里，还有几十元的纸钞，是妈妈刚刚给他，让他自己到新华书店去买书的。

小家伙准备将钱包放回裤兜里，忽然想起了什么，主动问年轻女人，阿姨，你的钱包被偷了，那你到了火车站，怎么买票回家呢？

年轻女人一脸无奈的样子，到了火车站，再说吧。

小家伙迟疑了一下，再次打开钱包，将里面的纸钞也都拿了出来，递给女人说，阿姨，这是我准备去买书的钱，送给你吧。

年轻女人显然没想到，孩子会主动把钱包里的钱都拿出来给她。她犹犹豫豫地接过了小家伙递过来的钱。

同事的孩子似乎还是有点不放心，对她说，要是这钱不够买车票，我可以打电话让爸爸过来，我爸爸的单位就在附近。

年轻女人一听，连连摆手，不用了，不用了。谢谢你啊，小朋友，你真是一个好孩子。一边说，一边匆匆地抱着孩子，离开了。

没钱去新华书店买书了，同事的孩子来到了爸爸的单位。他的爸爸，是我们的同事。

孩子简单地向爸爸讲述了事情的经过。爸爸耐心地听完了孩子的讲述，赞许地摸摸孩子的头，又拿出几十元，给了孩子，让他继续到新华书店去买书。孩子拿上钱，开心地去新华书店了。

孩子一走，办公室里就炸开了锅，激烈地探讨起来。

一位同事语气坚定地对孩子的爸爸说，你的孩子被骗了，那个怀抱孩子的年轻女人，经常在那一带行骗，假装钱包被偷，回不了家，向路人要钱。要得不多，就三五块钱，所以，不少人会上当。另一位同事附和，没错，这是一个笨拙的骗术，晚报上还报道过。

孩子被骗了，这一点大家基本意见一致。争论的焦点是，要不要告诉孩子真相？

一种观点是，必须告诉孩子真相，以免他下次再上当受骗。

另一种观点却是，不宜告诉孩子，否则，孩子的善心会受到严重伤害，而且，今后他就不会相信他人了。

各执一词，都挺有道理。

让我惊讶的是孩子爸爸的态度。他说，听完孩子的讲述，他就大致有了判断，孩子可能是遇到骗子了。但他没有对孩子说穿，原因很简单，那会挫伤孩子的善心。再说，也可能那个女人，真的是遇到了困难。他说，他这个孩子，身上最宝贵的品质就是善良。从小，只要看到乞讨的人，无论是老人、残疾人，还是壮年，他都会停下来，将自己的零花钱拿出来给人家。他曾经试图告诉孩子，有的人是真的不能自食其力，靠乞讨为生，有的人却是因为好吃懒做才流浪街头的，因此，要看具体情况才能决定，不然，你的爱心可能就被人欺骗了，或者利用了。没想到孩子歪着脑袋反问他，我怎么分得清呢？而且，我帮助他们，是因为我善良，与他是什么样的人并没有什么关系啊。

同事感慨地说，孩子给他上了一课。善良是我的孩子的天性，我希望孩子保持这颗善心，成为他身上的一种美德。而一个人的美德，是出自他真诚的内心，不需要回报，也无关他人的态度。

同事的结论是，如果当时他在场，他也不会阻止孩子帮助那个女人。即使那个女人可能是个骗子。他说，确实有些人靠博取别人的同情心而行骗，但是，相对于孩子的善心来说，纵使有那么几次，帮助了不该帮助的人，损失了一点点金钱，但是，让孩子保持一颗善良之心，远比这点损失重要得多。

我赞同他的观点。美德是这样一种品质：我善良，不因为你不友善，我就不再善良；我尊重你，不因为你傲慢，我就不尊重你；我真诚，不因为你虚伪，我就不再真诚；我心怀美德，不因为你心存恶念，我就丧失美德之心。真正的美德，是发乎内心的，没有附加条件的。

载于《微型小说月报》

社会需要正能量，孩子更需要这些美好的品质来填补生命的厚度。一个成年人可贵的品质不在于他乐善好施，而是在见过很多欺骗之后，依然记得我们的美德，并传给孩子。

英雄背影

文 / 麦父

要想做一个真正的英雄是没有选择余地的，往往是要么成功，要么成仁。

——希契科克

浙商博物馆里收藏了很多“宝贝”，这些藏品，大多是从浙商中征集而来。每件藏品的背后，都有一段刻骨铭心的故事，见证了一个个成功浙商艰辛的也是波澜壮阔的创业史。

这是一辆普通、破旧的三轮车，曾经有个人就是骑着它，沿街叫卖、送货，谁能想到，二十多年后，这个人以 800 亿的身家，成为中国富豪榜的第一名。从一瓶水建立起了一个价值数百亿的商业帝国，他就是宗庆后。

这是一本写得歪歪扭扭，仿佛天书一样的电话簿，号码前画着一只羊的，代表这是一个姓杨的电话，如果羊边上还有一根辫子，那就是女的姓杨的电话。这本电话簿的主人，一个字也不识，所以他只能这样靠原始的符号来区分。有一次，他参加一个多部门领导参加的会议，他就用铁塔、飞机、汽车等图案分别代表管电力、招商、交通的领导。他叫潘阿祥，白手起家，打造了一个资产 20 多亿的现代化企业集团。

有这样一张发黄的老照片，一个人骑着一辆自行车，后面载着一大桶液体皂。这是 51 岁的徐传化用自行车载着在家里用手工调制好的液体皂出门叫卖贩售的照片。1986 年，徐传化父子创办起了生产液体肥皂的家庭作坊，靠一口大缸和一只铁锅开始创业，短短 26 年，这家企业的营业收入已突破 200 亿元。这口大缸，现在就陈列在博物馆的显眼位置。

锈迹斑斑的人力运货三轮车，样貌笨拙的农家粗瓷大土缸，老掉牙的补鞋机，快要散架的货郎架，黑不溜秋的爆米花机……这些破旧不堪的物品，因为其当初的使用者，如今都创造了辉煌的成就，因为见证了一段历史，而成为博物馆珍贵的藏品，它们的身上，似乎也有了某种光环。

但是，在浙商博物馆内，也收藏了这样一些物品，它们的“主人”，最终没能成功，而是失败了。它们讲述的，是一个个失败者的故事。

在博物馆的一个展区正中，陈列着一辆红色的玻璃钢轿车外壳，别小看了这个样子有点古怪的外壳，它可是中国最早的电动轿车的雏形。它的主人是来自温州苍南的叶文贵，有着“温州第一能人”的美誉。在 20 世纪 80 年代，当“万元户”成为财富的代名词时，他已坐拥了千万元资产。这个了不起的商人，想做一件在很多人看来是异想天开的事情：制造既环保又节能的电动轿车。这是他早年的梦想。他以为，今天的自己，已经具备了这个实力，来实现这个梦想。1989 年秋，叶文贵发明的第一台玻璃钢车身四轮四座的电动车试车，获得了空前成功，充了一夜电之后竟然可以跑 200 多公里。第二年，他发明的混合动力车又成功上路。这是中国第一辆混合动力车，也是全球充电跑最远的混合动力车。他将这些年所赚的一千多万元，全部投进电动车的发明创造中去了，他的电动汽车梦想，似乎近在眼前，可惜，由于未能实现商品化，最终，在耗尽了所有的资产之后，他的电动车项目不得不中止。他失败了，这个当年的温州首富，转眼之间，一无所有，只剩下了那辆红色的汽车外壳，以及未竟的梦想，这是一个失败者的悲情故事。

在这个展区，有一把剪刀和一根皮尺，它们的故事，也让人唏嘘不已。这把裁缝剪刀和皮尺，是当年的海盐衬衫总厂使用过的。很多人可能不了解海盐衬衫总厂，但是，它的当家人的名字，你一定如雷贯耳，他就是曾经叱咤商海的步鑫生，他把只有 300 多人的一家小厂，打造成了全国最大的衬衫厂，成为全省和全国的典型。他因为创造了“步鑫生神话”而轰动全国，成为最成功的改革家。“谁砸我的牌子，我就砸谁的饭碗”，步鑫生的这句豪言，一度风靡全国。包括这句名言在内的他的厂长哲学，对于无数白手起家的民营企业主来说，算得上是一堂最生动的启蒙课，让很多人第一次接受了市场化商业文化的洗礼。但是，就是这样一个改革家，因为一系列的决策失误，导致海盐衬衫总厂资不抵债，一颗耀眼的明星，就这样转眼垮塌。被免职的步鑫生，不得不离开了工厂，离开了家乡。他失败了，黯然退场。虽然他又接手或创办了其他企业，却再也没能重振辉煌。

还是在这个展区，展示着一张福布斯中国内地富豪榜的榜单，上面有浙商陈金义的名字。在富豪榜的旁边，是陈金义的大事年表。把这样两件物品放在一起展示，可谓意味深长。陈金义开创了全国首例“私”吃“公”的“陈金义现象”，他创造了亿万身家，可是，因为轰动全国的欠债门事件，他又瞬间从“富翁”变成“负翁”，他失踪了，至今不知所终。无疑，他最终也成了失败者。

这是浙商博物馆内，一个最特殊的展区，展示的不是成功，不是辉煌，也不是掌声，而是三个失败者的背影。这个展区的名字很震撼：英雄背影。没错，他们是失败者，但他们也是英雄。当一个社会能不以成败论英雄的时候，那才是一个真正英雄辈出的时代。

我在这些英雄的背影前，驻足了很久，耳旁有无数足音在回响，那正是时代前进的脚步。

载于《青年博览》

每一个成功者的身后，总有密密麻麻坚实的脚步。他们因默默无闻地付出而变得无比高大，令人敬仰！

拒绝脸谱收购的年轻人

文/倪西赟

有信心的人，可以化渺小为伟大，化平庸为神奇。

——萧伯纳

他是“90后”，生活在一个优越的家庭，父母都是有名的律师。富裕的生活养成了他放荡不羁的性格。有时他会去做志愿者，有时像纨绔子弟一样常毫无节制地花钱，他的信用卡常常被刷爆。17岁那年，他的挥霍达到了顶点。父亲购买了一套425万美元的房子，他在自己的房间里购买了一套大号白皮双人床，配了最顶尖的电脑，两张设计考究的椅子，以及一套定制的柜子、书架。他还在地下室里设计了一个家庭影院，里面安装有8英尺的巨大屏幕，可以直接从他的卧室远程控制。他要求父亲把那辆不够拉风的旧凯迪拉克凯雷德换成一辆豪华宝马车，他要求父亲每月给他1992美元来养车、吃饭、娱乐和购置衣物，甚至强烈还要求父亲每月给他2000美元的“应急基金”。这些“另类”的要求让父亲大为恼火，拒绝支付。他为此和父亲吵架。此时，他父母婚姻破裂。他见父亲不肯满足他，他又打起了母亲的注意，母亲无奈之下给他租了一辆他喜欢的豪华宝马。

原以为他就这样叛逆地走下去，挥霍青春，成为一个碌碌无为的纨绔子弟。然而，他的学业成绩非常棒，非常受老师的喜欢，一路走来，他最终被斯坦福大学录取。在斯坦福大学这片浓厚的创业沃土上，他幡然醒悟：

再也不要浪费青春，无度挥霍，他要自己创业。

除了玩车，钟情于 Bose 耳机等电子产品外，他对科技也产生了浓厚的兴趣。斯科特·库克是“Intuit”公司的创始人，库克非常喜欢这位经常有新鲜思维的小伙子，就给他找了一份和他一起的工作。后来，他与库克等人共同启动了一个名叫“txtweb”的项目，这个项目可以通过互联网获取信息，然后通过短信发送给无法接入宽带网络的人。之后，他和校友墨菲又共同创办了一个叫“Future Freshman.com”的网站。

一天，他一不小心把自己的一张照片用微信发给了好友布朗，他发现后后悔不已，因为照片上的自己有黑眼圈，有青春痘，一副颓废的样子。

“这正是最真实的你，是最真实的瞬间，让我一同分享，这是件多么棒的事情。”布朗却非常喜欢他这种不加修饰的率真状态。“你说得很对，但是这张照片发给我不认识的人将会是多尴尬的事情。”他对布朗说。“现在的年轻人都强调个人隐私，发出去的东西都不想被人收藏，如果能开发一个稍纵即逝的交流工具肯定受到年轻人的欢迎。”布朗对他说。布朗的一番话让他大受启发。

是的，虽然 Facebook 让社交网络升级到了“云端”，现在的人们分享自己的一切，但是背负着这种管理数字版自我的沉重负担，这使社交失去了所有的乐趣。如果能开发一款年轻人喜欢的、有趣好玩的，强调私密、短暂、即时的“阅后即焚”交流工具是个不错的选择。他把想法也告诉了墨菲并得到了他的认可和支持，他和墨菲开始昼夜不停地编写代码。

几个月后，他们推出了第一版的“Snapchat ”，一款可以让用户发送并浏览后，几秒钟自动删除其照片、视频、文本的交流工具，“Snapchat”把“撒泼”的乐趣带回数字世界。这款名叫“阅后即焚”的照片分享应用一经推出，Android 用户在 12 个小时就下载了 100 万次。如今，用户每天通过 Snapchat 上传 1.5 亿张照片，每天的信息发送量达到 4 亿条，成为全球亿万青少年的新宠。

2013年6月23日，Snapchat完成B轮融资，募集资金6000万美元，估值达到8亿美元。这是个可怕的创意，让贵为社交网络霸主的Facebook也心存焦虑。Facebook提出了30亿美元的现金收购交易，却遭到他的拒绝。更为疯狂的是，谷歌也提出了以40亿美元收购Snapchat的方案，同样遭拒。

拒绝，彰显了他的自信；拒绝，让他被人记住。

他，就是现年24岁的Snapchat创始人埃文·斯皮格尔，一个敢于对从天而降的30亿美元、40亿美元说“不”的幸运小子，一个敢于挥霍青春，青春却没有被年轻浪费的小子。

载于《知识窗》

我们逐渐背负了各种包袱，虚荣、美丑、善恶。不敢以本来面目示人，然后就有了欺骗，伪装，各种隐藏和虚假世界。做真实的自己，不好吗？

一株爱做梦的狗尾草

文 / 安一朗

只有刚强的人，才有神圣的意志，凡是战斗的人，就能取得胜利。

——歌德

一

杜菲菲是一个特别自恋的女生，有点胖，还有点黑。

别人嘲笑她胖，她不恼，还会笑盈盈地说：“羡慕嫉妒恨吧？你以为谁都能长得像我这么有福相？”气得想挖苦她的女生一个劲地抓狂，在悻悻离开时还恨恨地留下一句：“就你胖，就你有福相！不稀罕！”

有个男生逗乐说：“菲菲，如果你长得白一点，那该多好呀！要知道，一白遮百丑呢！”

杜菲菲听后圆眼一瞪，嗲嗲地说：“你当是做白面馒头呀？越白越好？你可知道现在流行什么肤色吗？告诉你吧，现在正流行我这种小麦色，这可是最最健康的肤色哟！不信的话，回家上网查查吧！想晒成我这种小麦色，可不简单。”

杜菲菲的一番调侃愣是把调皮男生的嘲笑击落得无影无踪。看见男生哑口无言的表情时，她还美美地哼唱起：“我美呀美呀美呀，我醉啦醉啦醉啦……”

杜菲菲摇头晃脑的投入表情，没把男生嘲笑当一回事的从容不迫，赢得了众女生的热烈掌声。毕竟天生丽质的人少，每个女孩都有自己不愿言说的小缺憾，杜菲菲的自信，为她们撑起了一片明媚的天空。有一段时间，女生们都会在背后说：“要自信，找杜菲菲去。”

喜欢沉溺于自己营造氛围中的杜菲菲，每天都笑呵呵的，从不把烦心事挂在脸上。在爱做梦的年纪，她有自己五彩斑斓的梦，如一串串绚丽夺目的泡泡。

二

杜菲菲幻想自己是一朵娇艳的花，还为此写了首诗《女生如花》。诗作完成的第二天，她美美地在女生中宣传，正准备享受掌声和喝彩时，一个没情趣的男生狠狠地打击了她：“杜菲菲，你也算花？顶多就是一根狗尾草。”

杜菲菲愣住了，所有女生面面相觑。有人在偷笑，也有人眼睁睁地看着她，想知道她会做出什么反应。杜菲菲在众人的注视下，面色绯红，毕竟这样被当众羞辱，谁都无法做到镇定自若。她红着脸，急急地反击：“我就算是一株狗尾草，也是一株爱做梦的狗尾草。”

一时掌声雷动。杜菲菲精彩的话语再次为自己解了围，还赢得了大家的尊重。

爱做梦的年纪，可是大家还有多少勇气去做梦呢？越长大，越明白生活的艰辛，也就渐渐失去了做梦的能力。连梦都不敢做，这有多可悲？可是杜菲菲，她爱做梦，她有勇气。她凭什么要被嘲笑和打击呢？

杜菲菲在班里沉默了好长一段时间，虽然脸上还挂着笑，但大家都看出来了，她有心事。那个没情趣的男生被大家埋怨，说他不该那样对待杜菲菲，毕竟她是女孩子。

男生思前想后，确实觉得自己错了，于是去找杜菲菲道歉。杜菲菲看着他，目不转睛，盯得那男生脸上红霞飞：“干吗这样看我？我脸上有什么不对吗？”说着，手不自主地在脸上搓揉。

“扑哧”一声，杜菲菲笑开了，她愤愤又解气地说：“逗你玩，不行吗？我这株爱做梦的狗尾草不和你生气了。”

“你还说，根本就是在生气。”男生撇嘴。

“其实挺感谢你的，这几天，我想了许多，似乎也明白了一些以前不曾在意的事。我确实爱做梦，爱做梦没什么不好，但如果总是梦着，那梦永远是梦，我得付诸努力，把自己的梦变成现实，那才好……”杜菲菲说得一本正经。

有人鼓掌。杜菲菲回过头看，原来是老师进来了。她听到了杜菲菲的话，非常赞赏。

“老师——怎么连你也逗我呀！”杜菲菲一脸羞红。

年轻的女老师笑着说：“对不起哟！菲菲，我错了，因为我也曾是一株爱做梦的狗尾草。”

三

老师向大家讲述了她青春年少时爱做梦的故事。

“那时候天总是很蓝，风儿温馨，我们一群女生整天幻想着未来的日子，虽然都只是一群平凡的女孩子，但因为爱幻想，让我们变得那么的不一样，我们还愿意为自己的幻想作努力。我想过自己是世界小姐，身披霓裳，万众瞩目；想过自己是律政佳人，想得最多的就是以后要当老师，有一群可爱的学生，我和他们一起学习，一起游戏，现在我的美梦成真了……就算只是一株狗尾草，也会因为爱幻想而变得与众不同。”女老师娓娓而谈，有点兴奋，她细瓷般光洁的脸上呈现出一种以前不曾见到过的光彩。

杜菲菲竖起耳朵仔细聆听，心一直“怦怦”跳，原来自己尊敬的老师也曾爱做梦，那么多绚丽的梦想，通过努力，终将会美梦成真。她更坚定了自己的想法。

杜菲菲梦想以后当一名女警。每次在街上见到英姿飒爽的女警时，她都特别崇拜。她在网上搜索了所有《霸王花》的电影，看着那些美丽女警机智勇敢地面对坏人，并且不畏艰险，最终将坏人绳之以法时，她会禁不住兴奋地鼓起掌来，好像她就是她们当中的一员。她还自导自演，把自己想象成那个接受勋章的女警，并口若悬河地做了一番获奖感言。

偶然的一次，杜菲菲接触到了台湾已故作家三毛的书，从此一发不可收拾，她把三毛的书全找来看。她深深地迷恋上三毛曾经生活过的撒哈拉沙漠，喜欢上那种四处漂泊的生活。她想象着有一天自己也能够像三毛一样浪迹天涯，边走边写，那是她神往的生活，她还学会唱《橄榄树》，在齐豫空灵、深情的吟唱中，她觉得自己早已经幻化成天空中那缕飘浮的云，她的故乡在远方。

班上的同学望着常常突然发愣的杜菲菲，说她变得有深度了。杜菲菲盈盈浅笑，深情唱上一句："不要问我从哪里来，我的故乡在远方……"她的心又开始穿越，飞过万水千山，抵达那苍茫的沙漠。好长一段日子，她总是幻想着她就是三毛，她正在沙漠里驾车，眼前一眼望不到边的全是黄沙，在炙热的阳光下闪着刺目的光芒。

同学摸不着头脑，不知杜菲菲哪根神经又搭错线了，在他们正要散开时，杜菲菲又急急地叫住他们："我说，长大后，我们一起去流浪吧！"遭到嘘声一片。

杜菲菲白眼一翻，嗲声嗲气地说："你们全是俗人！我爱三毛，三毛也爱我！"

没有人明白杜菲菲在说什么，一个个都走了，其中一个女生临走时，还摸摸了杜菲菲的额头："没烧呀？估计又开始做梦了。"逗得大家哄堂大笑。

四

杜菲菲的努力大家看在眼里，她完全变了一个人，变得勤学好问，变得勇敢机智，变得……谁也说不清楚，就觉得她充满了魅力。

杜菲菲的文章在一本学生校园刊发表，当老师兴冲冲地来教室告诉大家这一喜讯时，大家才明白了事情的原委。

杜菲菲依旧是那个爱做梦的胖女孩，她五彩斑斓的梦没有变，她有很多自己的人生楷模，她希望自己能够像她的偶像们一样，通过不懈的努力，最后抵达自己的顶峰。

“没有人可以轻轻松松就成功，没有人可以复制别人的人生，但她们的精神可以学习。追梦的路上，布满荆棘，但唯有风雨过后的彩虹才是最绚丽多彩的……我不知道我的人生最终会走向何处，但我要努力，一直努力，边梦边走边努力。没有如花美貌，但我要修炼高雅的气质；没有聪慧机敏，但我可以让自己变得更勇敢和坚强；没有去过的地方，都将是我要抵达的远方……虽然我只是一株爱做梦的狗尾草。”

杜菲菲的文章，让大家读懂了这个爱做梦女孩的心声，对她肃然起敬。

载于《高中时之友》（青春版）

每一株野百合都有自己的春天。就像职场新人杜拉拉一样，只要挺起胸膛，敢想敢拼，就一定会赢得别人的尊敬。

第四辑

让色彩在水上固定成画

生命就是不致沉散的水，只要你能在水中添加上理想和不折不挠的介质，那流动的水也能托起你的生命之重，让你的人生呈现出一番美好的气象……

Zui Meiwen

梦想在路上

文 / 罗光太

梦想绝不是梦，两者之间的差别通常都有一段非常值得人们深思的距离。

——古龙

出来打工几年，我一直待在高岭土矿。当初一起去的老乡，先后离开了。我没走，觉得老板不错，每个月都能按时发工资；另一个原因，是我喜欢矿山静谧的夜晚。每个晚上，我都过得很充实。

几年前，我收到了三本的大学录取通知书，但那昂贵的费用让我动摇了，虽然我渴望走进大学校园，渴望读完大学后找份体面的工作。这期间，我偶然在一本杂志上看到了一篇纪实文章——《十万元买个水货文凭，叫我如何面对我的爹娘》。文章是一个三本毕业、找工作处处碰壁的大学生写的，很真实，亦很辛酸。这篇文章让我明白，读大学并非人生唯一出路。

我放弃了上大学，选择出门打工。我要和父母一起改变这个贫穷的家，希望把比我更聪明、更有潜力的弟弟培养出来。他小我几岁，已经上高中了。

放弃上大学，我并没有放弃读书，更没有放弃对梦想的追逐，我对自己的人生做出了全新的规划。因为知道自己要走的路，因为是自己的选择，我并不迷茫。出门打工前，我把那张大学录取通知书收藏好，然后从容告别家人，跟随乡邻来到了福建龙岩的高岭土矿。

刚开始的一段日子特别煎熬，虽然在家时，我也常常帮家里干农活，但毕竟才离开学校，干体力活，身体吃不消。第一天，我的手掌就磨出了几个水泡。回到房间，躺在床上，我如死过去一般，腰酸背疼，磨破皮的掌心更是如锥刺般。仰面望着低矮的天花板，我禁不住泪流满面。我不是感叹自己命苦，也不是可惜放弃了读大学的机会，而是为自己高兴，我终于熬过了最艰难的第一天，我可以挣钱了，可以为家里出力，稍稍减轻父母身上的重担。

我的适应能力还不错，一段日子后，我就习惯了这份并不复杂的体力活儿，也发现自己的力气较以前大多了。工友们白天一起干活，晚上闲来无事，就一起喝酒、打扑克。出来打工时，我简单的行囊中，除了衣服、被子外，剩下的就是我高中时的书，还有大摞的杂志。我在高中时就发表过几篇文章，这是我蕴藏在心中的梦想，我要当作家。

每天晚上趁大家闲聊时，我就关起门来看书、写文章。刚开始，有些工友看不惯，就笑话我说：“早知今日，何必当初？”也有的说：“你一个卖苦力的，还看啥子书？”我没反驳，心里却在想：卖苦力的，也可以有梦想吧？

每个月中旬发工资那天是我最开心的日子，不仅可以拿到钱寄回老家，还能休息一天。我早早从矿山乘车到城里，找家网吧，买几个馒头，然后上网把自己近期写的文章打出来，通过电子邮件发送给报社、杂志社的编辑。

工友们后来都很支持我。他们把房间空给我用，把灯泡换成亮一点的，再也没人嘲笑我。我也尽自己所能帮助他们，为他们写家书，寄汇款，过节时，也会买上几瓶酒和他们畅饮。生活教会我与人为善，自己也更快乐。

出门打工后，我的人生规划是：一、打工挣钱，养活自己，帮父母减轻负担，把弟弟培养出来；二、我要积累资金，有机会时继续学习。

当作家是一个梦想，很遥远，但无论如何我都不会放弃，更不会停止自己酷爱的写作，因为在写作时我很快乐，我的心可以自由地飞翔。

年少时的梦想，一直不曾改变。在我的打工路上，能不能实现我最初的梦并不重要，重要的是，这一路上，我努力了，我不曾停歇过。

载于《少男少女》

不忘初心，方得始终。只要清楚自己想成为什么样的人就行了。重要的是一直坚持往前走，而不是用什么方式走。

有信念就有好运气

文/［英］克里斯·罗斯　庞启帆 编译

人生应该如蜡烛一样，从顶燃到底，一直都是光明的。

——萧楚女

尼克斯从来不迷信。

一天早上，尼克斯在刮脸的时候，注意到墙上的镜子有些歪了，便伸手去把镜子扶正，没想到镜子从墙上掉了下来，碎了。尼克斯记得有人曾说过，“打烂一面镜子，要倒霉7年”。但尼克斯认为这纯粹是胡说。

上班时，尼克斯把这事告诉了他的几个同事。“今天你要倒霉了。”他们都说。但什么坏事情也没发生。

下班后，尼克斯买了几注彩票。结果，他中了一等奖。这简直令人难以置信。大家认为在他身上所发生的事情会给他带来霉运，结果竟然给他带来了好运！

第二天，尼克斯买了一本关于迷信的书，书上讲的都是世界各地关于迷信的说法。读完书后，他决定每件事都做一遍，看这些事是否会给他带来霉运。然而，随着他做的事情越多，他的运气就越好。他再次赢得了彩票。在酒馆玩骰子游戏，他几乎都赢。事情变得越来越疯狂。在某一天早晨，他故意又打烂了几面镜子。

“你们看，”尼克斯对他的朋友说，“一切都好得不得了！那些荒谬的事情我做得越多，我就越幸运。”

“但是尼克斯，”他的一个朋友回应道，“你难道没察觉，其实你像我们一样迷信？当你看到打破迷信反而给你带来好运的时候，你更执着于去做那些事情，你的所为本身就是一种迷信。”

尼克斯认真想了朋友所说的话。然后，他承认确实是那样。他是那么执着去打破那些迷信，在某种程度上说，他确实是在注意那些迷信。第二天，他不再做那些迷信的事情。他又做回了以前的那个尼克斯，有时候运气好，有时候不好。他不再不相信迷信，但他也不相信迷信。

他的朋友对他说：“尼克斯，其实是你的信念带给你好运。是你的自信帮助了你，不是迷信。”

的确，信心满怀地去做某一件事，成功的砝码在不知不觉中就增加了。相反，你对自己一点信心也没有，好运又怎么会降临到你的身上呢？

载于《儿童文学·选粹》

机会总是降临在有准备的人身上。每个人都有一段不为人知独自奋斗的日子。也正是因为有了这些日子，让我们不断夯实自己的基础，最终当机会来临的时候才能抓得住！

空瓶子

文 / 周海亮

开朗的性格不仅可以使自己经常保持心情的愉快，而且可以感染你周围的人们，使他们也觉得人生充满了和谐与光明。

——罗曼·罗兰

没有考上理想中的大学，他心灰意冷。仿佛一切都失去了意义，他认为自己正在经历人生中最大的困难与挫折。整个暑假他浑浑噩噩，看什么都不顺眼，干什么都没有精神。临开学时，父亲问他，想不想做个游戏？他问，怎么做？父亲找出一个空瓶，说，我们假设这个瓶子可以装得下你一生中所有困难和挫折，那么现在，对你考不上理想大学这件事，你认为装多少合适？他想了想，说，半瓶吧。父亲拿来一瓶酒，让他往空瓶子里倒，他毫不犹豫地将手中的空瓶装满一半。父亲用蜡和木塞将瓶口封紧，说，等你认为挫折完全过去的时候，再把这半瓶酒喝光。

上了大学以后，他才发现问题并没有想象中严重。他发现自己竟然狂热地喜欢上他的专业，他甚至庆幸自己能够来到这所大学。假期回家，跟父亲说了，父亲便拿出那个酒瓶，说，现在你认为你的挫折完全过去了吗？他笑笑，将半瓶酒匀进两个酒杯，和父亲对饮。是烈性酒，他只能喝下一点点。父亲一边和他喝着酒，一边说现在你是不是觉得当初你把困难夸大了？他不好意思笑笑，说，好像是这样。

大三那年，他失恋了。被人抛弃的滋味让他突然对自己失去信心，对这个世界失去了信心。假期回家，在父亲的再三追问下，他把与那个女孩的一切都告诉了父亲。父亲问我们接着做那个游戏？他点点头。父亲问他，那么现在你认为，往里面装多少酒合适？他想了想，将空瓶装满三分之一。父亲问感情的事情难道没有学业重要？他笑笑，不语。父亲再把瓶口封紧，对他说，等你认为这件事情已经不能再影响到你的心情时，就把这些酒喝光。

尽管失恋给他造成很大打击，尽管这打击让他在很长一段时间神志恍惚，但恋爱毕竟不是生活的全部。半年过去，他再一次恢复了以前爱说爱笑的样子。失恋会让一个人长大，他甚至感谢自己的这段经历。当然，过年回家时，他再一次和父亲喝掉那三分之一瓶烈性酒。酒喝完，父亲说，你觉得这一次，你把失恋这件事情夸大了吗？他仍然笑笑。他说，好像真的是这样。

后来毕业，却找不到理想的工作。一切都与大学时的憧憬相去甚远，他感到前途渺茫，一切充满了未知。父亲打电话过来，说不妨回家休息一段时间，待有了好的精神状态，再回去找工作不迟。听了父亲的话，他再一次回到老家。父亲仍然拿出那个空瓶，说，把你现在认为的困难装进去吧。这一次他想了很久，却只往里面倒进去一点点酒。父亲问够了？他说足够了。父亲问你正在经历的，就这点困难？他说是，就这些，也极有可能被我夸大了。

一个月以后他重新返回城市，竟然顺利地找到了理想的工作。过年回家时，他和父亲一起，将那点酒喝掉。

晚上和父亲一起去海边散步，父亲的手里拎着那个空空的酒瓶。父亲说其实你面临的困难和挫折越来越大——学业、情感、事业——这些对你的人生越来越重要，可是你却认为它们一次比一次小……他说的确是这样，可是当我喝掉那些酒时，我才发现，我当初真的是把这些困难和挫折放大了。父亲说那么这个瓶子还有继续留下来的必要吗？他说我认为没有必要了……尽管今后我肯定还会遇到更大的困难和挫折，但我知道所有的困难和挫折终会过去，再回首时，你看到的不过是一个空空的瓶子。

父亲笑了笑，将手中的瓶子扔进了大海。

载于《青年心理》

那些你以为永远也过不去的时刻，也许在你睡一觉醒来就已经不是那么在意了。时间是治愈一切的良药，当你觉得怎么也过不去的时候，那就不妨把这个问题交给时间。你要相信，没有到不了的明天！

敬畏生命

文 / 俞传美

生命在闪耀中现出绚烂，在平凡中现出真实。

——伯克

万物复苏的春天，我们驱车行驶在项城到贾岭的乡间小路上，天空中浑然不觉地飘着许许多多纤维状的雪花物，一大片一大片，鹅毛大雪似的，但又比雪花更绵薄更柔软，纷纷扬扬，铺天盖地。

车窗前铺上了厚厚一层，不觉诧异，空气，似乎快要冻结杨絮中的样子！我以为是游走在画笔之下！竟然有了些许兴致，几个文友下车漫步起来……街上赶毛驴的大爷，戴白羊肚手巾的妈妈，穿红戴绿的天真少女，青春健壮的小伙子穿行在这种漫天漫地的乳白色雾中，一副毫不介意泰然处之的样子，任它轻轻地飘在身上，缓缓地从身边擦过，静静地落在脚边的地上，漫不经心地挂在林荫道的树枝上。一时间，大地上像披上了一层薄如蝉翼的婚纱……

可怜杨柳多情絮，飞入寻常百姓家……

后来，文学老师告诉我，这是杨絮。依靠风力在传播种子。

杨絮这种特殊的播种生命的方式，我完全被震撼了。

我的心里简直承受不住这份欣喜和景仰之情。我伸出一只手，只一瞬，便有一个小精灵一片悄悄地落入我的手心，像一朵小小的白云，载着思念、希冀的梦幻。我不忍惊扰它的美梦，松开手，让它随风飘去。落到地上，小精灵被风托起来打着转，风儿咯咯地笑着，我看见它在风中纷飞旋舞，一会儿上，一会儿下，一会儿左，一会儿右，像在向我招手，又像在微笑。一会儿让它们跳个舞，一会儿让它们转个圈，玩累了……很快地，它与天空中无数白色精灵拥抱在一起，带着一粒种子的希望，飘向它梦幻的草地与湖畔，去撒下一地可见的银白色生命。

因为有了它，这乡下世界才变得如此诗情画意，充满着活力、充满勃勃生机。

随行文友都忘情地仰望着杨絮，它们缓缓升空，像一群白色的小天使，带给人们欢乐；杨絮缓缓升空，带给大地生机；像一片淡淡的云彩，为天真的孩子带来无限的假想。我陷入沉思，为这种生命不计成本、不惜一切代价为大地付出所感动。在杨絮辛劳的飘散中，仿佛听见有一种天籁的声音在殷切地呼唤，那是它在呼唤每一粒种子落入黑土地，绽出一枚嫩绿的新芽，装扮下一个春天，散发着生命的芬芳。这是它对新生命的承诺！但是成千上万飞扬的杨絮大军中，也许只有一些颗种子能够落到大地妈妈的怀抱，生根，发芽，长成一株浓阴蔽日的参天大树。而其余的种子，因为土地的贫瘠，尽管艰难地生长，也无法蔚然成荫，甚至夭折在胚胎中。但它依然坚守生命，在春季末如期而至，自始至终不间断地潜心这项浩大的生命工程，只管耕耘，不问收获。

杨絮日夜兼程地飘送生命的种子，像温情脉脉的母亲，这是一种强烈生命意识的觉醒，想在飞扬中使自己的生命得以延伸永恒？是它深谙生命的无常，才无私地将自己所有的精髓毫无保留地撒向人间，最大限度地展示一种顽强的生命力？还是它将生命的价值，隐逸在这令人感泣的茫茫无际的生命绝唱里？

我不由自主地联想到人类的生命史。

无论我们的祖先是亚当和夏娃，还是类人猿衍变而来的，其实，对于人类生命的起源，不是人类学家的我们，用不着在这件事上追根溯源。真正值得我们深思的命题在于大自然生命给予的感悟，我们应该懂得怎样感谢生命，珍惜生命，把握生命。

由此我们没有理由不对生命投之以虔诚的谢意和崇高的敬畏。毕竟生命属于每个人只有一次。即使在人生的道路上，事业、前途、爱情、家庭都如泡沫一样破灭了，也不必悲观，不要绝望，要知道，生存本身就是一种资本，一种幸运，一种对不公命运勇敢的挑战和蔑视啊！

敬畏生命，赋予我像杨絮一样纯洁而质朴、异常珍贵而不懈追求的存在。

载于《思维与智慧》

我们生活的世界，是由无数个细小的生命组成的。因为这些生命，才让一切都鲜活起来，仿佛新鲜血液在体内涓涓流淌。没有什么比生命更值得敬畏了。

像小溪流一样勇往直前

文 / 传美

不经一番彻骨寒，怎得梅花扑鼻香。

——宋帆

每当看着小溪流跳下山岗，走过草地，叮咚叮咚唱着歌儿、弹奏着琴弦勇往直前时，心生无限感触，人就应该像小溪一样具有顽强的生命力，永不停息地奔腾。画出美丽的生命曲线，为实现理想，要有信心，敢于面对挑战，以乐观的态度战胜前进路上的艰难险阻，不断地积蓄自己的力量，增加生命的厚度，实现自己的人生价值，为社会做应有的贡献……

没有大海的磅礴气势，没有大河的激流险滩，没有瀑布的伟大壮观，但小溪不屈不挠的精神，不追求回报，不计较得失，更不选择环境，只是欢乐地奔流，奔流，昼夜不停、四季轮回……

小溪的生命里没有困难和忧愁，永远乐观并勇往直前，面对世俗的热言冷语，她笑脸相迎，置之不理，心中只有坚持，再坚持，与世无争，与人为善，以诚相待，在快乐中成长，不知不觉中到达成功的彼岸，书写出希望和辉煌！

在故乡，三山六水一丘田，小溪布满故乡的山山水水，最平常，但却具有最顽强的生命力。小溪是有灵性的，她浇灌春天的绚丽多姿，为夏天送去丝丝凉爽，为秋天送去丰硕的果实，为来年春天积蓄饱满的力量，在山野沟壑，田间小径画出美丽的曲线，帮人类净化空气，充满灵性的水，一方水土养一方人，是乡亲们的生命中的好朋友，是文朋诗友的好素材，风风雨雨中，有人劝小溪躺下休息，小溪流不听从，她执着于自己的理想——永远向前奔向大海，流入胸襟博大的海洋，接受海纳百川的洗礼。

水的历史悠久，是万物之源，与大地同存，与日月辉映，当地球上很多东西销声匿迹的时候，水默默地滋润着大地万物，为人类提供饮用水，默默为人类做贡献，生生不息！

神秘的夜里，聆听春花开放的声音，聆听夏虫呢喃的夜曲，小溪流过富饶的村庄，流进干涸的土地，流进农田，流进人民的心窝里，小溪润物细无声，此时无声胜有声，小溪用一颗虔诚的心，与大自然的一切一同卑微地成长！人也应该如此。既做不了大海，就做一条欢乐的小溪，即使是做小溪，也应该做一条勇敢向前奔流的小溪，做一条志向远大的小溪，生生不息地奋斗的小溪！

载于《思维与智慧》

俞敏洪说，我们每一个人，都应该有水的精神，像水一样不断积蓄自己的力量，不断冲破障碍，这样，当机会来临的时候，你就可以奔流入海，完成自己的使命。

点燃心中的灯

文 / 雪舞岚裳

希望是坚韧的拐杖，忍耐是旅行袋，携带它们，人可以登上永恒之旅。

——罗素

他是“听风少年”刘浩，内蒙古赤峰人。因在他出生时，吸入过量氧气而导致了双目失明。

小时候，他并没有觉得自己与别人有何不同，但随着逐渐懂事，他才知道别的孩子都是带着光明来到这个世界，而自己却永远只能生活在一片黑暗之中。出门需要有人陪伴，生活上的许多细节都只能依赖于父母。为此，他感到十分痛苦与无助。

他不知道自己可以干什么，以后的路又该如何走下去，他不想自己的人生一直依仗着别人，却又无可奈何。他常想到，自己的一生也许就是如此了吧，再也不会有任何作为了。那种痛楚与纠心就如世界所有的灯一盏一盏地相继熄灭，连唯一的屏障也轰然倒去，只剩冰刀雪刃，黑暗无边冷漠。

对于一个十来岁的孩子来说，这种承受是怎样巨大的惩罚。

因为一出生便与光明绝缘，小刘浩从记事起，就开始练习掌握倾听能力。而他的母亲一直站在他身边，除了无微不至地照顾他，更给予了他生活的勇气与鼓励。母亲白天出去打工，晚上便在灯下用木头给他篆刻盲文，学习文字，双手常常被小刀刮得伤痕累累，但为了儿子她极力忍着流血的创痛。

失明虽然给小刘浩带来了诸多不便，却也让他掌握了超乎寻常的听辨能力。喜欢钢琴演奏的刘浩，在音乐水准已达到了专业学院录取的标准。然而却因为学籍、残障教育配套设施不齐全等问题，被国内权威音乐学院拒之门外。

心酸、无奈与彻底的绝望，让他在母亲面前哗然泪兮："虽然我视力不好，但我一直以为自己和别的孩子是一样的，他们能做到的，我加倍努力也可以做到，但是这一天我才知道原来我和大家还是不一样，他们可以考，但我连个机会都没有。"

儿子的内心独白，让瘦弱无力的母亲潸然泪下。那一天，母亲给他讲了贝多芬的故事，讲贝多芬是怎样以坚强的意志力克服了重重困难，从一个双耳失聪的残疾人到最后成为享誉世界的著名音乐家。

一个聋子居然可以成为一位顶尖的音乐家，甚至演奏出让世人惊叹的乐曲。这令刘浩感到很不可思议。"可是我什么也看不见。"

"你虽然看不见，但你可以点亮心中的灯，用它来照亮前方的路呀。"

"点亮心中的灯"，这句话如醍醐灌顶，让刘浩心头一震。母亲对他说："不是所有的花朵都适于肥沃的土壤，沙漠就是仙人掌的乐园。人生的许多成败不在于环境的优劣，而在于你是否选对了自己的位置。一个失明的人，只要心中亮起一盏灯，那么光明便如影随形。所以即使是在生命最脆弱的时候，也不要失去了前进的希望与希冀。"

此后，这一场人生的"马拉松"让他更加倍努力。每天练习钢琴长达16小时，有时甚至两手都僵硬了，仍不肯停下休息片刻。"当你停下来时，不要忘记别人还在奔跑。"他常常用这句话激励自己，一刻也不敢怠惰。随着时间渐进，他的钢琴演奏越来越好，听辨能力也越来越强。

2014 年，在母亲的陪伴下，他参加了北京一档节目《少年中国强》。节目中，这位失明的小男孩，从大小不同的 30 个杯子中，只凭礼仪小姐用手研磨杯子发出的声音，便能快速准确地辨认出是几号杯子。他还能在任意 6 个杯子同时发出“杂音”的同时，一一辨别出具体是由哪 6 个杯子发出的声音。这种超然的听风能力不仅震撼了何炅、刘涛、张泉灵三位主持人，还令在场的每一位观众哗然惊叹。

据有关专家解释，他的“听音辨物”能力已经远远超出了国内高等声乐学府研究生，对声音辨别的后天培训技能专业水平，甚至可以说已经超出电脑的辨识水平，极具个人独特天赋。

面对一次次取得的傲人成绩，刘浩没有傲慢反而更加努力，他用自己的经历告诉别人：“当我和世界不一样时，就让我不一样。当上帝夺去我的光明时，我会点燃心中的灯，一直走下去。”对于小小少年刘浩来说，逆风的地方更适合飞翔。

是的，当你选择了为某一目标努力奋斗时，当你为了心中的梦想而甘愿付出全部乃至生命时，即使身处没有边际的黑暗，只要你点燃心中的灯，借着心中的光明希望，亦可抵达梦想的彼岸。

载于《花季雨季》

生命是伟大的，生命是崇高的，没有人轻易放弃生命。每个人心中都饱含着对生命的渴望，渴望催生向上的力量。每个人都该有希望成功并赢得尊重。

铿锵玫瑰

文 / 张素燕

强者容易坚强，正如弱者容易软弱。

——爱默生

在济南悦读天下笔会的会议上，领导专家教授们都分别作了精彩深刻、绘声绘色、声情并茂的讲座。在会议的最后，主持人深情地说："在我们论坛上，有这样一个女孩。她身体不好，只上过两年学，但她坚持自学，而且写了很多东西，在我们的论坛上一直是最积极，最活跃的成员之一。今天，这位女孩也来到我们笔会现场。让我们以热烈的掌声欢迎她到前面来为我们讲几句话。"

我脑海中立刻掠过一个瘦弱的身影。个子不高，瘦长的脸上，有一双俊俏的大眼睛。眼睛里似乎有些红血丝之类的东西，眼神扑朔迷离，飘忽不定。头发高高地梳起来。但发质不是很好，干枯毛糙，发黄发暗。皮肤也粗黑暗红，反倒衬得那发黄的牙齿有些白了。她上身穿一件普通的粉色半大短袖，下配一黑色小裙。裙子下面又穿了一条黑色的紧身七分裤，看起来很像藏民。

昨晚上睡觉前，我同屋的文友还在议论她，"唉，你们注意那个只有70斤的女孩了吗？""看出来了吗，她很自卑，不像大家，都在一块儿从容地谈笑。她躲到一个角落里，不说话。在车上时，她旁边的人还嘲笑讽刺她。说，你是藏族的吧？你咋长得这么赖呢？”“赖这个词，一听就不好。哎呀，对人家小姑娘打击多大呀！你们发现没，她不说话，总是沉默不语。如果你主动跟她打招呼，她才缓缓地说一句，然后就又没话了。看得出她很自卑。像这样的人就该多给她鼓励，给她勇气，给她信心。”

只见瘦弱女孩缓缓地走到前台，缓缓地坐下，顿了一会儿，才发出很轻的声音：“大家好，今天我很激动。在这里，我也不知该说什么。我有心脏病。因为治病花了很多钱。家里条件很贫困，再加上我身体很弱，上学还需要弟弟背着去，所以，只念了两年学，就不上了。让弟弟妹妹上学。”她喘了一口气，声音有些发颤地说：“我在家干些零活儿，闲着没事儿时，就读书学习，渐渐地爱上了写作。我写的东西还很不成熟。”她又顿了一会儿，有些哽咽地说：“今天我坐在这里很高兴和激动。我真的不知该说些什么，谢谢大家对我的关心和帮助。就这样吧。”她鞠了一个躬，手足无措地起身离开。

台下响起了热烈的掌声。

于是，她引起了我的注意。活动期间，她一直沉默寡言，用一双朴实而忧郁的大眼睛看着一切。陪伴在她身边的是一个体形瘦弱，个头略高，背稍有些弯的男孩，看上去有二十来岁，穿着也很朴素。问之，是她的弟弟。怕姐姐身体不适，不能照顾自己，特意陪伴过来的。

饭后小憩时，我见她坐在白云湖畔的小石凳上，看着远处的“接天莲叶无穷碧，映日荷花别样红”的景色发呆。我在她旁边坐下，和她攀谈起来。“你真美，眼睛真漂亮。”“没有的啦。”她不好意思地笑了。“你只念过两年书，那你后来是怎么学习的呢？”“我跟弟弟妹妹学，让他们教我。”她幸福地说着，开心的笑容在脸上绽出花儿来。虽然只是简单的一句话，但背后饱含着她多少的心血和汗水啊！我们坐在宽敞明亮，教学设备齐全的教室里，有老师精心细致教导，还学得不怎么样。她呢？在简陋得连书桌都没有的家里，只能趴在床上学习。低矮的房屋里，透不过几丝光线。她半晌还要干活儿，只能抽弟弟妹妹放学回家的工夫，赶紧趴在床上，撑开书本，向弟弟妹妹请教，认真地学着，写着，记着……“遇到过难题吗？”“噢。”她笑着点点头，“弟弟妹妹不在家，我就认真反复地想。有时做梦还在做题呢！”这让我想起冰心先生在《我的老师》一文中写的，她算术不合格，T 女士帮她补习。冰心很用功，对于学算术真是全神贯注，竟有几个困难的习题，是在夜里苦想，梦中做出来的。

“后来是怎么接触上写作的？”“干完活儿，没事儿的时候，我就看书，看各种各样的书。书看得多了，就有一种想写的冲动。”“后来，家里买了一台电脑，我就上网。注册了论坛，在论坛上发稿子，这为我的写作打开了一片新的天地。”

她缓缓地说着，话有些轻，气有些喘，还时不时地咳两下。我忽然觉得眼前这个虽已 30 岁的姑娘，是那么的小巧玲珑，惹人爱怜，让人有一种想要帮助她的心愿。但我知道，如果此刻给她钱的话，会伤她自尊的。我唯一能做的就是多跟她交流，多陪她说话，让她在都忙得不亦乐乎的人群里显得不再那么孤单，不再那么寂寞，不再那么受冷落。

笔会活动结束的前一天晚上，我把我的老师写的一本书送给了她，上面的留言是这样写的：“亲爱的小妹：你是好样的！你给了我们大家太多的感动。不怨命运不公平，我的人生我做主。你已经用你踏实的脚步，踩出了一条光明的道路。你是一朵漂亮的玫瑰花，铿锵而又馥郁。记住，不管在哪里，我们都在为你加油，喝彩！”

她双手捧着那本书，不时地回头望向我的房间。那双忧郁而又感激的大眼睛，那浅浅而又真诚的笑容，像电影里的“回眸一笑”，深深地定格在我的心间，让我久久不能忘怀。

可爱小妹，铿锵玫瑰，相信你的生活会比花灿烂，比水清秀，朴实无华而又绚丽精彩！

载于《悦读》

当年田震唱《铿锵玫瑰》的时候，那粗犷令人振奋的声音不知感动了多少人。是啊，追梦路上总是百转千回，无怨无悔，从容面对就好了！

让色彩在水上固定成画

文 / 段奇清

一个真正的创意，拥有它自己的力量与生命。

——美国广告大师李奥·贝纳

他从小就痴迷美术，尽管大学按父母的意愿读了土木工程专业，可大学毕业在一家建筑公司工作一段时间后，他毅然辞去工作，要追逐自己的梦。

他叫黄珠琳，1985 年出生于山东菏泽。

黄珠琳要画画，要画出和别人不一样的画。因为他记得上中学时，老师曾说过一句话：“什么是成功，就是你做了别人无法取代你的事情。”也就是说，你成功就是掌握了某一样事物的核心技术。

他思考着，人们曾用沙子作画，因为独辟蹊径，也火爆过，但自己也去作沙画，步人后尘是不会有多大出息的。究竟在什么载体上画画呢？一次，他读到一篇用树枝在水上作画的文章，但那所谓的画毕竟只具象征意义。不过这篇文章还是在他心中激起了阵阵涟漪，他要让这涟漪定格在思想的水面上，从此不再消失。因为他想到的是，在水面上作画说不定就能保存。

他在网上查找了起来，果真让他找到了相关内容。唐代的段成式所著

《酉阳杂俎》中说："掘地为池，方丈，深尺余，泥以麻灰，日没水满之。候水不耗，具丹青墨砚，先援笔叩齿良久，乃纵笔毫水上。就视，但见水色浑浑耳。经二日，搨稚绢四幅，食顷，举出观之，古松、怪石、人物、屋木无不备也。李惊异，苦诘之，惟言善能禁彩色，不令沉散而已。"段成式所说的就是"墨池画"。

"善能禁彩色，不令沉散"，这句话更是坚定了他追求美术的决心，因为他相信，"不令沉散"，既是水上作画的最根本之点，也是人生成功的关键。

可几乎没有谁对他的在水上作画看好，特别是他的父母。本来，一份好好的工作也不做，父母就认为他这是在让自己的人生沉沦与散落。可居然又迷上了虚无缥缈的墨池画，如此只能使他沉沦散落得更快，逝水是无情的，这会让他的事业踪影全无。

一天晚上，为他前途担心的父亲忍无可忍，对他说："你要么去建筑公司上班，要么就离开这个家，永远不再回来！"母亲也以渴求的眼光看着他，希望他能迷途知返。可他对父母的一片"苦心"似乎全然不予体谅，仍然沉浸在自己的思索中："从段成式的那段记载中，墨池画绘画的水并非天然的水，那水一定要有黏稠度。"父母看着儿子的痴迷样，只好叹了一声气默默离开。

此后，虽然他找了一份工作，可他的心思一点也不在工作上。2009年，山东菏泽的冬天特别冷，加上他家住的是一间平房，也没有暖气。他与水打起交道来，手一会儿浸泡在冰冷的水中，一会儿又拿着如同冰棍一样的笔作记录，尽管他的手被冻出了许多血口子，肿得像胡萝卜，可他没有半点退缩的意思。

就这样，他前前后后用了100多种材料添加在水中，包括鸡蛋清、桐油什么的，可不是粘黏生涩就是浮不起彩墨颜料。直到2010年春暖花开的时候，他终于进入了柳暗花明的境地。是的，他通过为水加温调制出了适

中的胶质水体和油脂类的颜料。

他将这种水装到自制的底部投射有白光的透明容器中，直到装满为止，在水面上点一滴或几滴彩墨颜料，用针笔进行引导塑形。奇迹出现了，一种不断变化的唯美花纹呈现在了他的眼前，他顿时兴奋得心中似有波涛翻滚……

很快，他的第一件作品《青花瓷》创作了出来，做成视频传上网络，并命名为“水影画”。没想到，在他心中有如惊涛骇浪的作品，投入到社会这个大海中，却并没有引起一丝波纹。他只好与山东卫视《中华达人》节目组联系，接连打了一整天电话，总算在晚上打通了。他登上了《中华达人》节目后，依然没有任何反响。

他暗暗告诫自己，绝不要消沉。2010 年 5 月，他创作出更好的作品。他在水面上滴上五六个圆点，再把它们用针笔切画开来，圆点就成了广阔又具有流线感的沙漠；在沙漠上方滴上四个圆点，寥寥数笔就又将它们变成一个人和三匹骆驼；再次滴上几滴彩墨用针笔画上几画，又是一座佛光闪闪的多层佛塔……

而这时，它宛然万里沙漠中一道佛光，一道风景，一片绿洲，一片水域。湖南卫视很快找到了他。做客湖南卫视后，他将命名为《敦煌》的水影画视频传到网络上。这一下，正如段成式笔下所描述的一样，不，一时却有千万个“李”惊异不已，人们疯狂上网点击，仅仅两天之内“敦煌”点击率就多达 300 万人次，各大门户网和媒体谁也不甘落后，疯抢着转载。

成了名人的他机遇也就接踵而来，人们纷纷邀请他去登台表演。首先他在 2010 年中秋晚会、北京电视台《时尚装苑》等电视媒体上亮相；接着又参加了各种晚会、年会、展览会、楼盘开盘会、酒会等大型活动的表演。并先后与中粮、联想、伊利、爱立信等企业合作，收到了互利双赢的品牌宣传效应。

如今，他已与同是“80后”的徐玲、钟晓龙等组成8人创作团队，成立了北京珠琳水影文化传播有限公司，他要让这一“极富现代与前卫的新型产业”为自己的人生添上浓墨重彩的一笔……

生命就是不致沉散的水，只要你能在水中添加上理想和不折不挠的介质，那流动的水也能托起你的生命之重，让你的人生呈现出一番美好的气象……

载于《思维与智慧》

天行健，君子以自强不息。每个人都不能放弃追逐梦想的权利，纵使困难重重也要选择坚持，因为每个人都是独一无二的。

把足球踢到太空去

文／奇清

只要专注于某一项事业，就一定会做出使自己感到吃惊的成绩来。

——马克·吐温

“嗨！能不能加入你们啊？”就是这样一句话，让他一步步向着更为宽广的天地跨越。

儿时的他，除了功课，就爱运动，什么乒乓球、皮球、踢毽子等，在小伙伴中，他能把很多人都比下去。读小学四年级时，一次偶然的机会，他踢了一次足球，这才知道原来有运动项目可以让人为之痴迷、为之癫狂。

然而，他所居住的地方，方圆左右很少有足球场，当看见别人踢足球时，他特别渴望参与，可球队已不缺员，没有人理会他，每次他都只得快快离去。

一次，他又见到一群少年人在绿茵场上奔跑、腾挪、跳跃，疯狂挥洒着青春朝气……他在一旁看着，热血沸腾，终于鼓起勇气：“嗨！能不能加入你们啊？”没想到迎来的竟是笑脸和点头。这让他非常激动，原来实现愿望就只需要一点点勇气。从此，那原本不多的绿茵场上，总能见到他那矫健灵动的身影。绿茵场也在他心中一天天扩展着，成为他奔向远方的梦。

由此，他踢球的能力日益增强，也越来越自信，说，我就是“东单C罗”。大一时，他不用太费劲就拿下了全校足球冠军。

他是电子科技大学的高才生，1999年大学毕业后，进入西门子公司工作。公司非常器重他，没多久，就被派到特拉维夫参加培训。

在特拉维夫，一天他似乎听到一种召唤声：“去耶路撒冷看一看，那儿也许正进行着一场高水平的足球赛。”同事却阻止他：“很危险！”因为当时以色列枪击爆炸案频发，但他一点也不在意，如期起程。

就是这次培训让他明白，他的足迹是不能只囿于中国的。在西门子不到两年，已是公司高管的他向老板递交了辞呈。同事们都以为他要跳槽，老板也觉得自己被愚弄了。没想到他只是带着一双足球鞋，一个2010年世界杯用球，一只打气筒就上路了。他要看到世界上顶级水平的足球赛，要让自己的足球水平离世界顶级水平差距不会太大。

他的这次远行，让他收获多多。如一些国家能踢球的场地实在太多，坐两三站地铁就有一片草地和一群踢球的人。但他不是逢球就踢，只是遇到高水平对决时，他就要求参加，如在巴西里约，他偶遇 America 俱乐部职业队正在进行练习赛，走到场边便用他一贯的口气说：“嗨！能不能加入你们啊？”结果，他作为替补上场踢了25分钟，打入两球，让他顿时“有一种业余球员突然冲进世界杯的感觉”。

一路走一路踢球，让他感受最深的是那些队员们的认真劲儿。他曾在纽约踢了两场球，所有队员一旦带球被抢断，马上就会进行反抢；不小心摔倒在地，没有任何犹豫就会起身追球；被对手突破，没有沮丧，马上积极补位……

就这样，在392天里，他从欧洲出发，再到印度和东南亚，接着是非洲，然后是北美、南美和南极洲，最后去澳洲，和25个国家的足球队切磋技艺。他说，语言不通不是问题，如西班牙语他只会数数，在手机上装一个谷歌翻译，就靠这个与人交流。

梦想有多远，脚步就会有多远。也许人们不怀疑他能到达世界的尽头。然而，这次他竟让人惊讶得合不拢嘴，因为地球已经容纳不下他了。

在南美的时候，他看到了一个“凌仕太空行”的计划。嗨，上太空，太美妙了！他还是说出了惯常的那句话：“嗨！能不能加入你们啊？”他被登记了，在接下来的网络投票中，他成为中国区海选出的三选手之一。

进入美国 NASA 太空训练营后，人们还是不住泼冷水：“看看另外两个人吧！是明星韩庚和果壳网创始人姬十三啊，你就是去打酱油的。”然而，选拔结果出炉，成绩最好的他第一个获得了“太空船票”。不错，他就是1988 年出生于成都的赵行德。

太空选拔测试，考验的是体能、热情、勇气、真实和团队合作。大学毕业后，他的朋友忙着工作、恋爱、结婚、买房，赵行德却满世界跑，每年要踢 40 场足球，体能自然最好。至于热情和勇气原本就是他的特长。这些当然重要，不过真正让他拿下决定性分数的，是在团队合作中。

考官给了一大箱材料，要求队员们组装一个火箭并且发射。为了体现“创意”，同队的法国人和香港人决定用曼妥思加可乐来实现火箭喷射。赵行德心想：这也太 low 了吧？这次他并不是“嗨！能不能加入你们啊”，而是从箱子中找出来一个真正的组装火箭“配方”，连推进剂都有。

当赵行德提出“嗨！你们能不能加入我的团队啊？”却遭到了队友们的拒绝。正如他所预料的一样，可乐火箭只发射了半米高，惨遭失败。考官却因此记住了赵行德：“这位先生明确告诉了大家一个更简单明确的方法，可惜你们都没听他的。”

2015 年，赵行德将要把足球踢到太空去。在 NASA 太空训练营，他一次次进行着此项训练。

“嗨！能不能加入你们啊？”此是热情，是勇气，自然也是技艺的不断提高。结果是：“嗨！你们能不能加入我的团队啊？”也就能自信满满地获得“太空船票”，让自己的梦升到高高的太空去。

载于《当代青年》

热爱一项事业，就像是碰上一段爱情，为之振奋，为之痴迷。没有什么比热爱一项事业更容易成功的了。

人生要有“制高点”

文 / 大可

在一个崇高的目标支持下，不停地工作，即使慢，也一定会获得成功。

——爱因斯坦

你成功过，然而你又失败了，可这又有什么！失败后你要是能找到一个生命的“制高点”，那人生中的一切困难与障碍都会被你踩在脚下。

他说，他是一个探险家，然则自己首先是一个策划师，身为策划师，最关键的就是策划自己。是的，在短短的时间内，他创造出了一个策划的神话。

一次探险需要多少钱？少则几百万元，多则上千万元。他并没有钱，可从 2006 年开始，他却将欧洲的最高峰厄尔布鲁士踩在了脚下，他攀上了非洲最高峰乞力马扎罗，他还徒步穿越了格陵兰岛和撒哈拉大沙漠……让他人生最为得意的是，他还保持了一项世界纪录，即他是世界上用时最短完成登顶七大洲最高峰并达到南北两极的“7+2”探险家。

这些可是连一些总想探险的大富豪一辈子皆不敢奢望的事，然而他却并不太费力就做到了。用他的话来说：“我并不是一个企业家，做什么事都不用考虑资金。我是一个普通人，但我可以从一分钱都没有实现所有的梦想。”

他，就是昆明市营销策划有限公司的领头人金飞豹。

金飞豹曾经富有过，他最早投资电视台，不到 30 岁就曾拥有过 2000 万元资产。然而，命运却与他开了一个很不友善的玩笑，一次失败的投资让他所有的资产转眼间化为乌有。可他说，失败并不可怕，只要不放弃对自己的人生进行策划就成。他当时最佩服的是王石，他那时策划自己的人生就是去探险。如何获取探险事业的成功？他想到，总体上必须有一个“制高点”。不用多说，这个制高点就是珠穆朗玛峰。“只有登上珠峰，才能说明你是个探险家。”

自己没有钱，只能靠人赞助。他开始四处搜寻着以获取资讯，就有一则信息进入了他的视线。那时昆明市政府提出“春融万物，和谐发展，追求卓越，敢为人先”的口号。敏锐的他就从这个口号中找到了希望之光，既是为自己，也是为昆明。他很快就站到了昆明市委书记面前，表达了自己的一种愿望：我要将这四句话带上珠峰，用一种看得见、摸得着，能给人以振奋的行动，来诠释昆明的城市精神。

市委书记对他的这一想法太感兴趣了。是的，他的策划很快就付诸了实施，他所有的费用全部由昆明市政府买单。他要的是探险，昆明市要的是宣传。而宣传对于投资过电视台的他整个就是轻车熟路。为了收到最好的效果，他让市政府为之购买了最好的通信设备，还有能确保登峰成功的最好探险设备。如海视卫星传输设备，这让他可以做最好的电视直播；又如卫星电话，这使得他在任何时间任何角落，皆可将自己的行动传到应该传送的地方。还有 GPS、摄影设备等，这些无一不为他的梦想插上了腾飞的羽翼。

攀登一开始，整个昆明市就沸腾了。因为每天，他都要通过卫星电话，将动态发回昆明。如在 6500 米以下时，他通过一个团队每天不停地发稿，以此不断制造新闻及舆论热点。随着活动的向前推进，不仅仅是将他攀登珠峰的个人行动提升为一座城市的行动，更是成了全云南省的行动。

省内的电视、报纸、网络一起上阵，对登珠峰做了持续的、全方位的跟踪报道。他的攀登成了整个云南省每天最热门的话题。

他的这一次攀登无疑获得了巨大成功，当他回到昆明市后，人们都把他当作了昆明的英雄，不，整个云南省的英雄，受到了极为隆重的接待。

他拥有了这个人生的“制高点”，接下来的事就有了让人想象不到的顺利。在他紧接着提出的“7+2”的设想时，立刻就有企业愿意为之提供400万元赞助。

当然，为了让他的探险常做常新，使得每一次探险活动都有吸引人眼球的地方，他也总会寻找到每一个“战役”的“制高点”，要么是“最高峰”，要么是“第一人”。新闻意识极强的他，在做每一次探险计划时都会有着一个“社会”或“公益”主题，这当然也是一种“制高点”，这样能使得人更热衷于为自己买单。比如穿越格陵兰岛，主题是“关注全球气候变暖”，因为格陵兰岛有全球最大的冰盖；穿越撒哈拉沙漠，他亮出的主题是“关注全球沙漠化”。他是这样说的：“我必须要把活动的‘亮点’，也就是‘制高点’提升出来，才能引起社会的关注和认同，媒体才会感兴趣报道，我才能回报赞助方。”

目前，金飞豹的探险已形成一套较为成熟的模式。他们已有一个八人行动小组，分别负责平面设计、文案策划、媒体联络、网络维护等环节。每次探险出发前，他会预订场地，探险结束一周之内，就可以举行影展。每次探险的结束，同时也是下一次探险活动的开始，因为将结束的情况通过新闻媒体传播出去，马上就会有新的赞助者找上门来。时下，金飞豹还有一个更宏大的计划，即他要成为中国民间第一位太空人，进入亚轨道，来一次太空大旅行。

“人生要有总体上的‘制高点’”，那是高屋建瓴，那是总览全局，那是在用脑子用智慧亮出自己人生一个最为闪光的牌子。且又不忘在每一次战役中寻求“制高点”，就是让人生不断形成峰峦，这才使得自己“可持续发展”，一步一步迈向更高处。

人生难免有失败，就怕失败后不去寻找一个“制高点”。有了制高点，你就能成功攀越你之人生这座最不容易翻越的大山……

载于《青年时代》

人生就是攀登一座座陡峭的山峰，每一次成功就像是登上这些山峰。正是因为这些目标的指引，你才会那么坚定地一步步登顶。你的制高点在哪儿呢?

第五辑

直抵灵魂的素描师

其实，我们每个人，都是一块金矿石，只是太多的人，没有被开采出来，或者没有经过淬炼，而错失了自己本该灿烂的人生。因此，我想告诉大家，别以为自己是块金子，就一定会闪闪发光。发光的金子，都是经过一遍遍淬炼的。

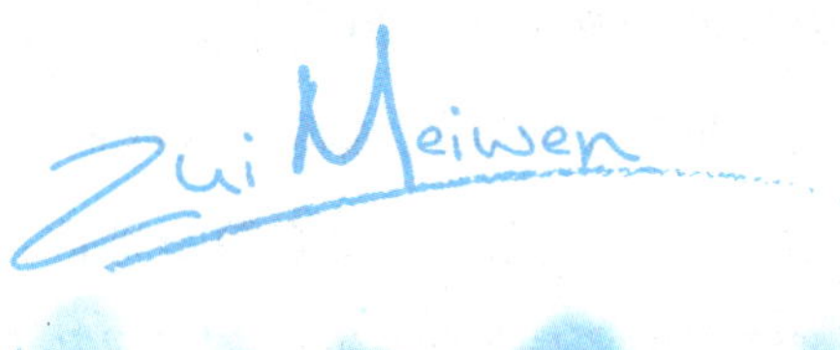

你与别的孩子并没有什么区别

文 / 张艳君

记住，你是世上独一无二的。

——卡耐基

一个人的信念决定其心态，其心态又往往决定一个人的事业与人生的成功。

1974 年，他已 14 岁，父亲觉得他太过于寂寞了，于是给他买了一架钢琴。好久没有摸过钢琴的父亲这天兴致很高，随即演奏了肖邦的 E 小调第四号前奏曲。过后，父亲到自己的房间去准备一些事情去了，他要教儿子有关钢琴演奏最基础的知识。

突然，屋子里传出了自己刚才演奏的那首曲子的乐曲声，是那样的悦耳动听。父亲以为是哪个钢琴手因欣赏这架新钢琴而情不自禁地弹奏，他要看看这个人是谁。当一个身影落入他的视线时，他简直不敢相信，伏在钢琴前演奏的竟然是自己的儿子！父亲惊奇地问："孩子，有谁教过你弹钢琴？你曾学习过这支曲子吗？""在此之前我并没有接触过钢琴呵！"儿子说。

惊喜不已的父亲立即调整了对儿子的培训计划，开始教他一些较深奥的东西。经过不到 8 个星期的训练，他便能够出神入化地演奏巴赫的 D 小调钢琴协奏曲，这可是一般的人花上三五年都不能熟练掌握的高难度作品。10 个月后，他就被巴西最著名的指挥家邀请参加圣保罗交响音乐节的演出，并一举获得了极大成功。

随着他声名鹊起，人们在欣赏他音乐才华的同时，对他的演奏习惯也开始津津乐道。人们皆说他是一个“颇为古怪的精灵”，因为每次在演奏时，他总会要求灯光师在键盘上打上强光，同时乐队上方的灯也必须以特定的角度安置避免形成阴影。没有人不按他所说的去做，也没有人去思考他为什么会让人这么去做。

直到前不久，人们才知道了这个被他以及他的家人隐藏了近半个世纪的秘密。原来在 2004 年之前，他一直是一个盲人。而这个时候，他已曾 5 次夺得国际大奖、现场演出 1000 多场，他的音乐唱片集《第六组》被《留声机》杂志评为“历史上最伟大的古典音乐唱片集之一”。

他就是巴西古典钢琴家马赛洛·布拉特克。

布拉特克 1960 年出生于巴西圣保罗。他的到来无疑给人丁本来一直不太兴旺的家庭带来了欢快与乐趣。可出生不久，他的父母发现，儿子并没有用他的眼睛去打量这个陌生的世界，而只是在倾听。父母发现了儿子的异样，将儿子带到医院去检查。检查结果不禁让他们大吃一惊！原来儿子双眼患有先天性白内障，同时伴有斜视。

因家庭贫困，父母没有及时让他去医院接受治疗。斜视的加重使得眼睛更加变得弱视，布拉特克在五六岁时右眼就完全丧失了视力，其左眼也仅能在强光下勉强看得见近处物体的大概形状。

1982 年，布拉特克为了更为系统地学习有关音乐理论和钢琴演奏技巧，他前往美国纽约朱丽亚德音乐学院深造。由于学习任务繁重，他的白内障进一步恶化，不断侵蚀着他那仅有的极其微弱的视力。“我根本看不到黑板上的字。”布拉特克曾回忆说。在纽约艰难学习与生活一年后，他不得不退学，之后旅居意大利、法国，1991 年定居英国。

随着人们的猎奇心理以及对演奏的要求越来越高，他必须得不断地学习新曲目，可那些高深莫测而又远离时代的古典乐曲对布拉特克无疑是一种巨大的挑战，他全凭耳朵谛听来熟悉掌握陌生曲目，这样他就不得不耗费比正常人要多得多的时间，可他依然能一次又一次将最精湛的节目奉献给观众。

2004 年，布拉特克冒着完全丧失视力的风险接受了手术。老天爷似乎被他的精神感动了，这一次更是格外眷顾他，术后他的右眼视力有了较大的恢复。

术后，有记者采访布拉特克，问他曾身为一个盲人为什么能在音乐上会有着如此大的成就。他说，这得感谢他的父母。在布拉特克稍为懂事知道自己患有严重眼疾后，父母对他说："你与别的孩子并没有什么区别！"而且父母后来不是将小布拉特克送到特殊学校，而是普通学校。他学习很用功，成绩在班上总是名列前茅。在父亲给他买了钢琴那天即兴弹奏一支曲子时，他便认真地听，在学校练出来的特殊谛听本领使得他能"过听不忘"。

"你与别的孩子并没有什么区别"，此是父母对孩子的一种高度信任，更是孩子对自身勇气与毅力的一种激越和提升。当一个人对自己充满信心时，他也就能激发出巨大的潜力。即便眼盲也不是自己人生的障碍，只要不心盲，自己能对自己"刮目相看"，也就会获取不凡的成绩。那么别人对自己刮目相看的同时，也更会对充满爱心及智慧的父母刮目相看，敬之仰之。

载于《山东青年》

我们在各自的疆域生活。像花朵盛开在阴面或阳面的山谷，盛开在海边或者草丛之中，但都是在自己的本性里盛开。这是人与人之间的一体性。它是平等的，开放的。

直抵灵魂的素描师

文 / 清翔

爱就是充实了的生命，正如盛满了酒的酒杯。

——泰戈尔

灵魂是生命的通道，是爱与善的载体。吉布森这些年来就一直做着直抵灵魂的事儿。

2010 年，吉布森认识了海伦·科林。科林说：“我永远忘不了死去的父母，可是，他们连张像样的照片都没能留下！”

原来，二战期间，科林一家人被关进了奥斯威辛集中营。1943 年，他的父亲饿死了；第二年，她和母亲被分开。科林出狱的那天，她得到的第一个信息就是母亲被杀害了。

听着科林的悲惨故事，吉布森和科林抱头痛哭。哭罢，吉布森说：“我可以为你父母画张像吗？”科林疑惑地看着吉布森：“这有可能吗？”

有什么不可能的，吉布森可不是一般的人！出生美国得克萨斯州的吉布森曾先后在四所大学里学习过法语、西班牙语和心理学、美术、牙科、素描等课程。20 多岁时，为了生活她就在得克萨斯州圣安东尼奥市的大街上为游客画像，画过好几千幅呢！

吉布森对科林说：“你只要能回忆出你父母的相貌，就可以了。”“父母去世已经 60 多年了，印象实在是太模糊了。”科林为难地说。在吉布森的循循善诱下，科林还真把父母的眼睛、鼻子、耳朵、下巴等描述了出来。两天后，当吉布森停下画笔的时候，科林好兴奋，她抱着吉布森说：“太像了，太完美了！”

在科林的介绍下，吉布森又认识了一批纳粹大屠杀幸存者，她一一为他们被纳粹杀害的亲人们画像。

吉布森不单单是给这些受伤的心灵以慰藉，她更是用手中的画笔，对那些给世界造成祸患、给人造成伤害和痛苦的不法分子以沉重打击。

开始时，警察局对吉布森并不看好，让她进入人们心灵的是她破了一个两岁女孩遇害案。那是20多年前11月的一天，一位打鱼人打起了一个塑料箱子，让打鱼人惊骇的是，箱子里竟然是一个小女孩的尸体。

尸体已经腐烂，吉布森到了现场后，盯着那张面目全非的脸足足看了三分钟，一个小时后，一张栩栩如生的素描呈现在了人们眼前。这幅画像只公布五天，远在俄亥俄州的一位老妪认出了这个孩子：是她两岁的孙女莉蕾。根据女孩的奶奶提供的线索，这个案子顺利告破。

原来莉蕾被母亲和继父暴打致死，两人将尸体保留两个月后，装在塑料箱里，投在了得克萨斯州的加尔维斯顿湾。

这个案子轰动了全美，在人们对父母的恶行愤怒、对女孩的遭遇感到痛心时，吉布斯也成了当之无愧的英雄。

其实，其他案件比这要难得多，那些案件都得根据被害人及目击者的描述画出嫌疑人的脸。而亲历和目睹罪行往往会给人留下严重的心理创伤，以至于对发生过程“失忆”。这时，吉布森就得充分用到所学的心理学，通过心理引导技巧，使得对方的记忆得以恢复。所以，她画完一张像只要一小时左右，可是沟通的时间往往得三四个小时，甚至一天。

别的人仅用黑白两色，她却使用各种颜色的颜料，这让她可以画出数百种形态各异的眼睛、眉毛、鼻子或下巴。因此，吉布森每画出三张画就能抓到一个罪犯，比起别的素描师来，破案率要高出好多倍。在过去30年里，她协助警方抓捕了1200多名罪犯。

出自她笔下的画像与罪犯本人惊人的相似，有些罪犯甚至因为看到她所画的画像后自感走投无路，不得不投案自首。当有人问起吉布森何以能画出如此直抵人灵魂的画像时，她说，除了玉照曾两次登上《花花公子》的她，在21岁时遭遇歹徒性侵犯、几至于丧命外，还有一名年轻的舞蹈老师，当着自己的学生的面被歹徒强奸。这些坚定了她在有生之年与犯罪分子斗争到底的决心。

原来，是直抵灵魂的经历让她画出了那些直抵灵魂的肖像画。当一个人具有正义感时，特殊的经历不仅不能使其惧怕，反而更能激起其斗志和无畏的精神。

而一个人的正义感建立在爱心之上，正如吉布森所说："你打算坐飞机去欧洲旅游，可当你知道只花一个小时就能帮助一个母亲找回自己的孩子，难道你还执意要去旅行吗？"

有了爱心，努力去帮助别人，你的人生就会酣畅淋漓，绚丽多姿……

载于《山东青年》

爱人者，人恒爱之。爱别人，也被别人爱，这就是一切，这就是宇宙的法则。为了爱，我们才存在。有爱慰藉的人，无惧于任何事物，任何人。

幸好摩西婆婆没去养鸡

文 / 张觅

我们大家并不是生下来都一样的。个人性格不同，适合于不同的工作。

——柏拉图

少年时期特别喜欢三毛，读到《哭泣的骆驼》里的一段：“不久以前，荷西与我在居住的大加那利岛的一个画廊里，看见过一幅油画。那幅画不是什么名家的作品，风格极像美国摩西婆婆的东西。在那幅画上，是一座碧绿的山谷，谷里填满了吃草的牛羊，农家，羊肠小径，喂鸡的老婆婆，还有无数棵开了白花的大树。那一片安详天真的景致，使我盯住画前久久不忍离去。”于是掩卷，很好奇这个神秘的摩西婆婆的画会是什么样子的。

大一时在图书馆看书，无意中翻开一本画册，那些色彩清新却又质朴的画一下子把我吸引住了。那仿佛没有任何的技巧，却是温馨熨帖，像是梦中的田园，宁静，美丽而祥和。看画者名字，惊喜地发现正是摩西婆婆。

渐渐地读到关于摩西婆婆的书，看到她越来越多的作品。去查阅资料，原来摩西婆婆是素人画家，美国著名和最多产的原始派画家之一。她没有受过任何专业训练，也没有受到过任何名家指导，她拿起画笔也纯粹是因为偶然。

摩西婆婆本是一名美国传统的乡村妇女，大半生从事的都是农场工作。60多岁时丈夫过世，70岁时因为得了关节炎，无法再下田工作，于是为了打发时间，她开始画画。从此她拿起画笔，就再也没有放下。在她的画里尽是自己童年时的乡村景色或是住家附近的学校公园。没有任何动机或是名利的成分，就只是画。她笔下所描绘的都是她了如指掌的农场生活，这些摩西婆婆怀有深厚感情的景色从她笔下流淌出来，是那样亲切，叫人看着眼睛就不能离开，不经意间就爱上她画中的那个世界。

80岁时，她在住家附近的杂货店展示她的画作。在94岁时，她有了一次正式的画展。那时她的作品开始在美国及欧洲畅销，受到人们的欢迎。摩西婆婆以明快的手法和选择明亮、大胆的色彩获得了最初的成功。

她的画中所表现的世界跟三毛在书中所描绘的一样，有着青碧的田地、有着安静吃草的牛羊，农人们快乐地劳作着，小小的一簇簇的房屋，尖头的栅栏……在她笔下常常流荡出欢乐而真实的农家场面，如农夫抱柴生火、铁匠钉马掌、农家小聚餐等等，素朴的画风，呈现的是纽约早年乡村风貌，令人着迷。据说，在摩西婆婆颇受欢迎的作品中有《捉感恩节火鸡》和《戚树园里的熬糖会》，都是质朴的乡村画卷。在她87岁时出版的自传里，她描述道："把戚树汁熬成糖"，就是与家人们一起从戚树里提取出树汁熬制成糖浆，孩子们再将糖浆倒在雪白的盘子上，然后饱餐一顿。

我始终认为，摩西婆婆的画之所以如此受欢迎，由于画家对她笔下的田园生活充满感情，那些明快的手法，那些的大胆的色彩，那些真实的情感，犹如从树上刚刚摘下的果子，还带着新鲜的露珠，散发着清香。没有人会拒绝这样的生活。

这叫人不禁想起屠格涅夫笔下俄罗斯的原野和农村，也是这样质朴清新，充满了生命力。这位俄罗斯作家，他著名的《猎人笔记》，更是热情地歌颂了俄罗斯的大地，他毕生热爱着的大地。也许，只有心中有爱才能真正创造真正动人的东西，艺术，就是这样复杂而又简单。

后来在摩西婆婆的自传里有这样一句话，也很是动人：“我很快乐，也很满足，即便失去了丈夫，我还是必须找到新的依托，幸运的是我发现了绘画，我记起了这样一个梦想。”

1961年12月13日，画家摩西婆婆在纽约的胡西克瀑布逝世，享年101岁。在她有生的最后30年，创作了105幅作品，令收藏家们惊喜不已。他们说：“感谢摩西婆婆当年选择画画打发时间，让我们发现她是多么重要。”而据说摩西婆婆当年本是要选择去养鸡的。感谢这个偶然，让世界多了一名天才的画家，拥有了这么多美好的画。

载于《天下阅读》

每个人都有属于自己的特长，我们称为天赋的东西。

梦想让你与众不同

文 / 崔鹤同

梦想一旦被付诸行动，就会变得神圣。

——阿·安·普罗克特

杨媛草，生长在渝中区十八梯的重庆女孩，名字取自“离离原上草”，意为野火烧不尽，春风吹又生。她从小就富于幻想，也好学上进，对未来满怀憧憬。读书时她热衷于节目主持，因而在同龄人中有不少脱颖而出四处游学的机会。然而，读高三那年，外婆与父亲相继去世，命运一下子让她成熟了许多。她拒绝了大学保送，每天争分夺秒地恶补外语，终于拿到了110多分托福，成功地拿到英国威尔士首府顶尖的卡迪夫大学录取通知书。

出国时参加移民局面试，移民官问她志愿，她说她想做个媒体人，这是她既定的明确的目标，并一步一个脚印地向前走来。

2002年，卡迪夫大学来了很多中国留学生，他们成天开跑车，穿名牌，上中国城吃饭，这些让人惭愧的行为引起了杨媛草的注意。让她萌生了做一期《国际学生》节目的念头。没想到这期非常“负面”的专题讨论节目《国际学生》播出后反响很大，杨媛草凭它获得了2002年BBC“新闻新人奖”。第二年，她拿到了大众传媒和社会学学士学位，以优异成绩得到学校“最佳学生奖”。教授开玩笑说“应该改为生存奖”。

2005年，25岁的杨媛草辞去年薪5万英镑（折合人民币约60万元）

的优厚工作，创办英国野草影视制片有限责任公司。她的梦想是“让中国传媒走向世界”。

2006年，杨媛草又原创了两档真人秀节目。两档节目都跟国内电视台签署了意向性合同，其中一档甚至还拿到摩托罗拉100万美元赞助。2007年元旦后的一天，这两档节目被判了死刑。以前所做的一切努力都付诸东流。“就像开一家服装店，你有很好的原创品牌，但没有名气，就卖不出去。”她只能默默地流泪。

2007年10月，IPCN国际传媒成立，致力于将国外优秀电视节目版权及内容引进中国。Mick成为杨媛草重要的合作伙伴。2008年初，IPCN第一笔买卖，杨媛草将《以一敌百》节目模式引进到湖南卫视。相对当时国际市场上好的节目模式已被炒到天价，湖南卫视方面开出的版权价格却非常之低，但《以一敌百》的引进开启版权引进之先河。接着杨媛草引进的《中国达人秀》爆红，以至2010年10月10日，东方卫视第一季《中国达人秀》总决赛，上海本地收视率高达34.88%，而央视春晚的收视率也不过17%。此时，杨媛草就被圈内人戏谑地称为“达人秀的亲妈”。

再后，杨媛草和她的团队引进了《中国好声音》的模式版权。

《中国好声音》的节目版权，属于荷兰节目 ***The Voice***。2011年，杨媛草从原版权方荷兰Talpa公司手中买断该模式在中国地区的独家发行权后，将其制作权授予灿星，播出权授予浙江卫视。他们翻译了《节目模式宝典》——其中事无巨细地记录了节目宗旨、操作流程以及舞美灯光等所有细节，并参与了整个制作过程，使《中国好声音》一炮而红。

《中国好声音》从首期播出到总决赛之夜短短两个多月，收视率从1.47%飙升至冲破5%——这是七年前《超级女声》也没达到过的提升速度，事实上，目前全国能达到1%收视率的电视节目都屈指可数。而由此带来的节目广告效应从每15秒15万元迅速涨到最高116万元，再加6000万元以上的冠名费，保守估计，每期仅凭广告就能带来1600万元的收益。

目前在中国收视率排行前十名的节目中，有数档节目都是杨媛草团队引进的。浙江卫视的《中国好声音》《越跳越美丽》，湖北卫视的《我爱我的祖国》，深圳卫视的《清唱团》，东方卫视的《梦立方》等。除此之外，她还与奇艺网成功合作《浪漫满车》。

杨媛草说："要尽全力保护梦想，梦想会让你与众不同。"为梦想而披肝沥胆，奋发向上，纤纤小草，也能蔚成一道绮丽的风景。

载于《少年天地》

我们因为梦想才能在虚无缥缈中坚定执着，因为梦想，才在奋斗的日子里不离不弃。坚持你的梦想吧，那是你不小的财富！

坚持梦想做自己

文 / 海燕

守其初心，始终不变。

——苏轼

1986 年 9 月 2 日，她出生在江西九江白杨镇。在小学读书时，父亲就开玩笑地对她说：“乖乖女，如果你将来考上北京大学，我就跟你到北京去玩。”从小品学兼优的她，上北大成了她的一个美好的梦想。2003 年，她以总分 641 分作为江西省文科高考状元考进了北京大学。

大学毕业后，一个好朋友说，你去听听新东方的课吧。她从工作的陕西报名，来到北京。在首都体育馆万人大礼堂，第一次听到俞敏洪、徐小平、王强老师在台上讲课，让她热血沸腾，她这才意识到原来课可以这样讲、人可以这样活，从此她爱上了新东方。

此时，一个女孩说你可以做新东方老师，你比台上的老师能讲，你不妨试试。刚好新东方在招聘，她就投了一个简历，可是杳无音信。第二次又投了一个，刚巧被俞敏洪看到了，因为当时别人的简历都是打印的，因为在她那儿打印机不方便，她是手写的，结果让她手写的简历变得与众不同，一下子让俞敏洪看中了。

在新东方，她真的很顺利，教书打分得了最高分，又做了集团的培训师、演讲师、总裁的助理，可是她希望更多地去学习，因为教了几年，感到自己空了，应该充充电，于是她就离开了新东方到美国哥伦比亚大学读了金融专业。

在美国读书时，她看了很多的《华尔街日报》《金融时报》《纽约时报》，还看了很多美国的电视节目，这些令她拍案叫绝，不能自已。她经常一个人在屋子里自言自语，原来新闻还有这么多的层次，原来人内心还有这么多的声音，她想在一个地方倾听更多别人的声音，她期望做一些能够对这个社会产生一点正能量的事，这是她的又一个梦想。

于是她在纽约摩根大通银行、瑞士信贷投资银行香港部、联合国纽约总部实习，本完全可以有机会谋得一个很体面、待遇又很优厚的职业。但是她回来了，回来做媒体。她不是科班出身，普通话发音很不准。为此，她到传媒大学进修一个月，学播音支持，考普通话一级甲等证书，考播音主持资格证、编辑证。

她要做传媒，她要告诉所有人自己的梦想。她想，如果你有一个梦想，你羞于告诉别人，谁会相信你能实现？你如果敢站在舞台上大胆地告诉大家，这就是我的梦想，你才有义务反顾地走过去的精神和付出坚实的行动。她是这么想的，所以她变成了“祥林嫂”，逢人就说我想当主持人！当然，她遭到无数次的拒绝，也受过无数次的打击。有人说，你这样的我见得多了，根本不行，你别试了。还有人说，你这么高龄还想换行业，尤其还在一个对女生来说的青春行业做主持人，你还是歇了吧。可是她不管这些，该干吗干吗，她要坚持自己的梦想，由于她的坚持，后来很多人主动地向她伸出了援手。

于是她到了新浪，担任新浪网财经频道主持人兼记者，又从新浪到北京台，担任青少频道主持人。但是她更大的梦想是央视。于是从 2007 年回国起她就一直在做这方面的努力。后来央视财经频道找她，说你愿不愿意做一个记者，她说她愿意。她不是想做一个花瓶站在镜头前说一些自己都听不懂的话，或者说一些别人给你写好的话，她是期望可以听到别人的声音，期望自己也有一些有价值的声音可以去和别人分享。于是，她答应做记者，愿意从头学起。

后来，她参加了第六届央视主持人大赛，并获得了第3名，后来她又成了中央电视台新闻频道《新闻调查》出镜记者，终于实现了自己的梦想。

她就是张晓楠。

“坚持梦想做自己，你就会与众不同。”这是张晓楠的座右铭，她的人生也因此而异彩纷呈。

载于《思维与智慧》

你想成为谁，你想达到怎样的高度？那就去做吧，梦想永远不会迟暮！

淬炼过的金子才发光

文 / 唐仔

烈火试真金，逆境试强者。

——塞内加

去浙江遂昌的金矿国家矿山公园游览，恰逢一队参观的学生团。领队的老师，拿起两块矿石，问同学们，哪个是金矿石？

老师手里的两块矿石，在灯光下，呈现出两种截然不同的形态。一块矿石里面，像撒了金粉一样，每一个角度，都发出耀眼的光芒；而另一块矿石，则像被墨涂过的一样，周身是黑色的，几乎没有什么光泽，与我们平时见到的石头，似乎并无二样。孩子们叽叽喳喳地争论开了。很快，一个声音占了上风，那块闪闪发光的，肯定是金矿石，没看到里面全是金粉吗？但也有人小声地质疑，如果答案是明摆着的，老师为什么还拿来考大家？

见同学们各自表达了看法，老师揭晓了答案，那块黑色的矿石，才是真正的金矿石。而闪闪发光的那块，则是普通的硫铁石，里面没有任何黄金的成分。它就是人们常说的“愚人金”。

同学们炸了锅。很显然，大部分学生，都被那块硫铁石的闪闪亮光给迷惑了。

有人提出了自己的疑惑，不是说是金子总会发光的吗？为什么金矿石

里的金子却黯淡无光，没有呈现出金子应有的光芒?

老师赞许地看了一眼那名学生，这个问题问得非常好，这也正是今天我想和大家探讨的。老师挥挥手中那块黯淡的金矿石，环视一遍大家，说，这块石头里面的金子，需要粉碎、淘洗、提炼，才能从石头中分离出来，成为我们平常所见的熠熠生辉的金子。而淹没在石头和其他矿物质中的金子，是看不出它的光泽的。也就是说，真正金光灿灿的金子，是经过了一遍遍淬炼之后才最终呈现出金子的本色的。

我一直默默地站在旁边，好奇地注视着他们。听到这儿，我恍然大悟了老师的良苦用心，这真是一个聪明的老师，他不仅要告诉他的学生科普知识，还潜移默化地向孩子们传授做人的道理呢。

果然，老师话锋一转，对围在他身边的学生们说，在老师的眼中，你们每个人都是这样的一块金矿石，但是，必须经过一道道的淬炼，你们才会成为一块金子，散发出你们青春应有的光彩。

老师的话，引来一阵阵掌声。我留意到，孩子们稚气未脱的脸上，都流露出兴奋的神采。

忽然，有个学生，高高地举起了手。

老师示意他说话。迟疑了一下，那名学生似乎是鼓足了勇气，大声地说，老师，我在上海的一家黄金博物馆看到过一种“狗头金”，它通身都是金黄的，耀眼的，据说，这就是它本来的面目。我觉得真正的金子，就应该是这样的，天生的气质，“腹有诗书气自华”嘛。学生越说越流利，也越说越兴奋，语气中充满了自信。看得出，这是一个很聪明，也很自负的孩子。

老师不停地点着头。学生说完了，老师赞许地说，你的课外知识很丰富，很好。你说的“狗头金”，确实是一块完整的金疙瘩，它是黄金家族里面的瑰宝。不过，它并非天生一块金砖，事实上，它是天上富含黄金成分的陨石，在坠落地球的过程中，因为与大气层发生剧烈摩擦、燃烧，其他的物质都燃烧掉了，只剩下黄金，才凝集成完整的金块的。也就是说，它不但经过了淬炼，而且是更加严酷的淬炼。如果没有经过大气层严酷的淬炼、燃烧，那块金子，就会一直黯淡无光地散布在矿石之中。

老师再次环顾大家，动情地说，我刚刚说过，在老师的眼中，你们都是金矿石，你们都具备金子一样的潜质。但是，如果不经过千锤百炼，你可能一辈子都无法发现自己的潜能，也一辈子都不会发出金子的光芒。

老师喝了一口矿泉水，继续说，其实，我们每个人，都是一块金矿石，只是太多的人，没有被开采出来，或者没有经过淬炼，而错失了自己本该灿烂的人生。因此，我想告诉大家，别以为自己是块金子，就一定会闪闪发光，发光的金子，都是经过一遍遍淬炼的。

沉默。忽然，同学们都鼓起掌。

我也鼓掌，为这位循循善诱的老师，也为了我们本该熠熠生辉的金子般的人生。

载于《少年儿童研究》

时常思考的问题是，从前孱弱不堪的自己，终于在时光的磨炼中变得强大起来。社会本就是残酷的，只有经历摔打的人，才能有更加抗击的能力。正所谓物竞天择，适者生存！

每一株小草都有梦想

文 / 李红都

世上最小的小人物正是最伟大的好事之徒。

——本杰明·惠奇科特

晓柳是给她颁发征文奖的那一天才知道的……那一刻，晓柳很吃惊：从众多作者当中脱颖而出的她怎么可能是聋人呢？

那个春风吹皱了湖水的夜晚，晓柳按她给的 QQ 号加上了她。从网络里传来的一行行文字中，晓柳知道她兼任着分厂的通讯员。为了完成通讯工作，她用笔在车间与人沟通，每了解一点信息，就要付出比常人更多的努力。

晓柳很感动，鼓励她写下去，当一名优秀的企业通讯员，坚持写下去，将来说不定还能走进作家的行列。

“我无法听，这辈子只能是个草根，活不出什么价值。”她的字里行间满是无奈的忧伤。

“知道吗？竹子也是草呢，却可以长得比小树还高……”晓柳的头像在屏幕上跳跃着，从网络中发过来的鼓励，如一缕缕阳光，给梦想的种子带来了破土而出的力量。

无数个夜晚，她的思绪在屏幕上飞跑，写单位的好人好事，亦写她人生的故事和生活里的种种感想。

又一个春天来了，这一年的春天仿佛比哪年的春天来得都早。暖暖的空气中，氤氲着桃花的馨香。那天，当她站在公司十大优秀通讯员行列中走上镁光闪闪的颁奖台，从公司领导手中接过大红的获奖证书时，幸福的泪水夺眶而出。泪眼模糊中，她看到了晓柳的笑脸，一如窗外的桃花，开得正艳。

她从车间调到科室工作的时候，恍然间感到自己在做梦，她把手指放进嘴里咬了一下，生痛生痛，疼痛过后，心里满是惊喜。

她把喜悦从 QQ 上传给晓柳，也把顾虑发了过去："我能行吗？"

晓柳很快发过来一段话："当然可以。你除了听，其他方面并不比别人差。别老盯着自己的缺点自卑得不敢挺起胸膛。还记得我曾对你说的话吗——即使是一株小草，也有不断长高的希望，更何况你有竹的品质。大胆些，接下文字岗位的挑战！"

她鼓足勇气投入到有些敬畏的文字工作中。打报表，统计稿件，修改通讯员来稿，编辑、排版并交付印刷……她感到自己身上有着使不完的劲。与其他人不同的是，因为无法听，加上能看懂的口形也很有限，很多时候需要通过局域网与纸、笔与他人沟通，她想尽办法克服听障的困难，将工作做得和健全人一样好。

又是无数个与时间赛跑的日子，她白天忙工作，晚上守着一盏孤灯，读书、写作、投稿，做习题和笔记……日子忙碌而充实。

一年四季的风吹过，竹叶青了又黄、黄了又青，晓柳接三连四地听到她的好消息：考上了成教本科班，征文在市里获奖了，文章发在知名杂志上了，作品被收录在结集出版的丛书中，加入了市作协，加入了中国残疾人作家联谊会，加入了省作协……晓柳很欣慰，聋女孩和洛河边的那排小竹林一样，虽然还不够茂盛，但已走出了低谷时的阴影，有了追求梦想的信心和勇敢……

那天，她坐着电梯走进编辑室，站在 7 楼的窗口向下看去，视界的明朗和开阔令人心情愉悦，她已有了胜任工作的从容和自信。她知道这不仅是空间上的高度，更是她人生的高度。

如今，她已切实地感受到了——只要有关爱的土壤，只要有鼓励的春风雨露，只要小草自己不放弃长高的梦想，带着感恩的心和回报阳光雨露的渴望，不断地汲取阳光、积攒力量，小草也有长成竹林笑傲寒风的希望！

载于《心理与健康》

佛家云：众生平等。我们不去嘲笑谁，但是也不要妄自菲薄。每个人都是梦想的主宰者。

郎咸平：信念的力量

文 / 范文超

信念是鸟，它在黎明仍然黑暗之际，感觉到了光明，唱出了歌。

——泰戈尔

他出生于中国台湾桃园县，父亲是国民党空军少将，母亲是名高中教师。18 岁那年，他考进了台湾东海大学经济系。虽然他很喜欢经济学，可由于数学偏科，导致他的学科成绩不甚理想，他就那么吃力地跟着。

不久以后，有位在美国颇有名气的微观经济学家来校做学术报告，这位教授在讲座中阐述了许多最新的经济观点。

坐在台下的他虽然不能全听懂，但仍认真地听着。直至教授离开学校后，他都在反复咀嚼着他刚刚分析过的问题，他很想把自己思考出来的想法与教授交流，无奈教授已走，他便打开电脑按照教授留下的地址发了封电子邮件。没过几天，他惊喜地发现教授回复他了，虽然回复很短，他却一口气连着看了好几遍："一个年轻人有如此的激情，你将来一定可以成为一位伟大的经济学家！"

坐在电脑前的他备受鼓舞，于是本科毕业后他又考取了台湾大学经济学研究所的硕士。可他读得仍是很吃力，研究所毕业后，他没有继续考博，而是按照导师的指引，去了一些银行应聘。本来满怀信心的他却屡屡碰壁——没有一家银行要他。他感到非常失落，此时他又想起美国教授的鼓励："我将来一定可以成为一位伟大的经济学家，别说是他们没有录取我，即便是来求我，我又哪能这样委身于他们呢？"

于是，27 岁那年，在母亲的信任和大力支持下，他决定赴美读研究生。在 2400 分的 GRE 考试中他考了 1640 分。结果，只有宾夕法尼亚大学沃顿商学院肯录取他。这家学院之所以肯要他，是因为他们开设了商业经济系，这是第一届招生——全世界还没几个人知道这个系呢！因为报考的人特别少，他被破格录取了进来。

开学后，他的软肋再次昭显，系主任和教授对他的成绩很不满意，让他参加微积分资格考试，可他害怕的正是有关高等数学的考试，所以百般请求，但对方显然不打算妥协。

关键时刻，他打听到金融系免试微积分。他马上找到金融系主任请求转系，并声称自己对金融很感兴趣。系主任说只要你自愿就行——表示同意他的转系申请。而后，他开始进入金融系学习。

有句话是这样说的："世界上没有无用的东西，只是放错了地方。"他是幸运的，在迷途当中及时调整了航向——进入金融系后他如鱼得水，许多困扰他许久的问题一个个豁然开朗，而他对世界经济的认识也一步步加深。获得金融学硕士学位的第二年他就攻下了金融学的博士学位。随即被纽约大学聘为助理教授。

1990 年，他发表了篇题为《美国的破产制度》的论文，这篇论文自问世起，20 多年来在全世界发表的金融财务学论文中排名第一。而在全世界论文引用率最高的 28 篇公司财务论文中，两篇为他的论文。

论文的作者叫郎咸平，现任香港中文大学首席讲座教授。自他回到祖国十几年来，他本能地站在中下层人民一边，为民代言，披露现实，大胆建言，在反腐败、中国经济、房地产、中国教育、大学生就业等社会热点问题上，都有全面深刻的解读和客观实际的建议。2010 年 12 月，他与于建嵘等人被 30 多万网民自发评为“中国互联网九大风云人物”，被称为中华民族的优秀子孙、中国底层民意的真实代表、中国最有良心的一批文人。2011 年 12 月，又被广大网友誉为“公共知识分子”的代表。

而支撑郎咸平一步步走到如今取得巨大成就的信念就是当初美国教授的那封信件。即便后来他们二人在一次会议上偶遇，美国教授说那不过是对任何一位“粉丝”的客套。但无疑，信念的力量促使郎咸平一路走到今天。正如他自己所说：“我能有今天，其实是因为我在收到那位美国教授回信后的多年里，一直都以为他说的话是真的。”

载于《山东青年》

纵使身心疲惫，心力交瘁，但是对于未来依然坚定执着。这便是信念的力量。

樊建川：收藏民族的记忆

文 / 范文超

大江歌罢掉头东，邃密群科济世穷。面壁十年图破壁，难酬蹈海亦英雄。

——周恩来

樊建川，祖籍山西，生在四川宜宾。几十年职场打拼，他的身份不停变换，他当过农民、民工、知青、军人、老师、政府官员、商人，但他被世人广为所知的身份是四川省建川博物馆馆长。

樊建川的收藏是从幼儿园开始的。他曾骄傲地说："收藏的时间不长，也就 50 年；收藏的文物不多，也就 800 万件，其中有 200 多件还是国家一级文物。"从老师写给他的评语收藏起，他将近百年来中国经历的苦难、走过的路程、留下的印迹，化作一件件陈旧的实物、一幅幅真实的照片、一段段感性的文字存于馆中，不敢独享，示于世人。

建川博物馆建于 2003 年，他以个人名义征地 500 亩，修馆 20 余座。已经建成并开放的十多个馆分四个系列：抗战博物馆——为了和平收藏战争；"文革"系列博物馆——为了未来收藏教训；地震博物馆——为了安宁收藏灾难；民俗系列博物馆——为了传承收藏民族灵魂。

而这四个馆中最令人震撼名气最大的当属抗战系列博物馆。早在 2000 年 8 月，樊建川出版了一本书——《一个人的抗战》，他在序言中这样说道："55 年前，抗日战争冲天的狼烟尘埃落定。而今，两军拼死厮杀的战场沧海已变为桑田。战争的亲历者年届高龄，接二连三撒手人寰。这段战争历史正在远离人们的视线，滑入那幽暗的历史隧道，变得越来越抽象和次要。"一个国家的光荣可以让 13 亿人中每一个人去分享，而国耻同样需要每个人承担。樊建川说这就是他建造博物馆的意义。

樊建川收藏抗日文物的激情，是被当年一部名为《血战台儿庄》的老电影点燃的。他的父亲就是一名抗日战士，曾面对过鬼子的刀枪，在血与火中拼杀——他自己也是有着 11 年兵龄的军人。通过收集川军资料他了解到，抗战时期先后有 300 万川人开赴前线，但是关于这 300 万人命运的记载却是令人惊诧的空白。内心强烈的震撼迫使他要做点什么。他开始阅读研究川军抗战史，并收集抗战文物，十几年间，他常常在全国各地奔走、寻找、追索。

功夫不负有心人，他的藏品不仅多为珍品，一个个更是日军侵华的有力罪证：无数的残破褴褛的血衣、弹孔尚存的冰冷钢盔、仍然可以发出尖利鸣叫的报警器、泛黄的战时良民证、血迹斑驳的日记本、冰凉刺骨的侵华纪念章、一张张有着或愤怒或惊恐面孔的照片……樊建川说："每件物品背后的故事都足以让人血泪并流，扼腕叹息。"每每夜深，他都会恍惚与这些历史的见证物默默交流，上面残留的血泪无一不诉说着那段长达 14 年的悲壮历史。

这些藏品有的来自抗战将士家属相赠，有的购于拍卖市场，还有的则是樊建川逛古玩市场的"战利品"。

在收藏界，唐诗宋词、梅兰竹菊、才子佳人这类收藏卖了就能赚钱，可是樊建川觉得太"清淡"，不符合自己的构想，他追求的是一种担当和责任。他说："抗战馆也好，地震馆也好，最大的作用就是敲警钟。"樊建川始终认为，一个人不能没有责任心，一个民族不能没有血性，我们这个民族历史上经受过太多的苦难——"我想让建川博物馆成为增强国民忧患意识和奋发图强精神的‘钙片’。”

尽管这些博物馆是他倾其个人所有建起来的，但他从没有把博物馆看成自己的私有财产，始终认为自己只是社会财富的暂时看护者。他说：“我只是替国家保存记忆，这些东西是我私人搜集来的，但它们更属于这个国家。”所以，从10年前开始，他每年都要给自己写份遗嘱，尽管他自己有个女儿，可他还是坚持身后把所有藏品交还给国家。

他说，收藏民族记忆不仅仅是国家的事情，民间藏家也该担负起责任。樊建川不仅说到了，更做到了。

载于《课外阅读》

作为泱泱大国的一分子，我们每一个人都有传承祖国文化的重任。那些熠熠生辉的灿烂文化，值得我们尊重并守护。

第六辑

苦难是化妆的幸福

他叫开普勒，凭着远大的理想、顽强的意志和旺盛的求知欲望，在天文领域做出了一系列杰出贡献。曾经有人问他，你成长的这些年就是在苦难中度过的，你是怎么承受并坚持到现在的？他听后突然哭了，他说：“活着是一种责任，更是一种等待，正是因为经历了很多苦难，没有任何一个人比我更渴望得到幸福，因为父亲曾经告诉我，‘苦难是化了妆的幸福。’”

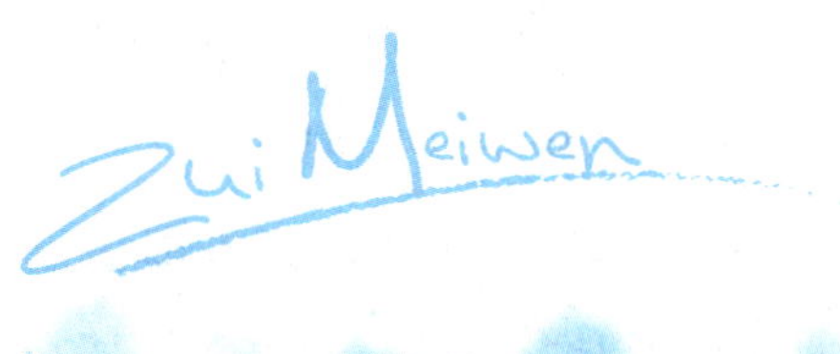

难民营走出“阿拉伯偶像”

文 / 佟才录

勇敢坚毅，真正之才智乃刚毅之志向。

——拿破仑

2013 年 6 月 22 日，成千上万名巴勒斯坦人在加沙和约旦河西岸的大街小巷载歌载舞，庆祝从难民营里走出的穷小伙儿阿萨夫，成功登顶《阿拉伯偶像》的冠军宝座。

《阿拉伯偶像》是由中东广播公司电视频道制作、在阿拉伯世界最火爆的一档歌唱比赛节目，它拥有来自 21 个国家超过一亿名的热心观众。而在今年第二届《阿拉伯偶像》电视大赛中，来自约旦河西岸的 23 岁穷小伙阿萨夫，过五关斩六将，最终夺得了冠军，声誉与当年的“甲壳虫”相比毫不逊色。

其实，阿萨夫的成功之路并不平坦！

1991 年，阿萨夫出生在利比亚，父母都是巴勒斯坦穷人。阿萨夫 8 岁时，父母带着他回到了家乡加沙，一家人栖居在难民营里，住简陋的帐篷，喝咸水（由于靠海，地下水含盐量高，几乎无法饮用，而运来的饮用水收费高昂），生活条件十分恶劣。虽然生活贫苦，但阿萨夫乐观向上。他天生一副好嗓子，每天去河边洗衣时都会一展歌喉，唱出他心中的梦想与向往。渐渐地，阿萨夫成了难民营里的一只快乐的百灵鸟，每天晚饭后，难民营上空都飘荡着阿萨夫婉转动听的歌声。16 岁时，阿萨夫长成了一个英俊的少年，歌声也更加优美动听。为了养家糊口，他去婚礼上赶场，给新人唱歌祝福，挣钱贴补家用。阿萨夫的名气越来越大，人们都称他是少年歌唱家。

当《阿拉伯偶像》海选在埃及开罗启动时，已经 23 岁且心怀梦想的阿萨夫想去试一试。阿萨夫曾经参加过巴勒斯坦的一个电视歌唱比赛，但是没能进入决赛。阿萨夫央求控制加沙地带的哈马斯放行，让他去埃及参加比赛。哈马斯不喜欢《阿拉伯偶像》节目，讨厌上面那些穿着长袍、涂着艳丽口红的女郎，便一口回绝他，拒绝放行。阿萨夫不气馁，他留下来给哈马斯唱歌，为他们烧火做饭……最终，阿萨夫的歌声和厨艺感动了哈马斯，答应放阿萨夫去埃及参赛。

然而，当阿萨夫风尘仆仆到达开罗时，他的心瞬间冷冻到冰点——报名时间已经结束。来报名的人实在太多，制片方不再接受新的报名者。阿萨夫被挡在宾馆的大门之外，而里面正在进行海选试听会。“我不能失去这次机会！”情急之下，阿萨夫飞身翻过宾馆的院墙，却被保安抓了个正着。阿萨夫向保安苦苦哀求道：“我需要这次机会。我有美妙的声音，我有才能。请让我进去！”最后，阿萨夫赢得了保安的同情，保安放他进了宾馆。

进到宾馆后，阿萨夫意识到还有一个问题：他并没有一个报名编号。没有报名编号，工作人员是不会让他进到海选厅进行试唱的。怎么办？阿萨夫不想功亏一篑，两手空空而归。于是他做出了一个惊人之举：在宾馆大堂，他放开嗓门大声歌唱。

阿萨夫的歌声赢得了大堂里所有人的注意，一名巴勒斯坦选手向他走过来，对他说：“你的声音比我好得多。把我的号拿去吧。我肯定，只要你参加，你就能赢。”就这样，阿萨夫拿着别人的报名编号，登上舞台，一路过关斩将，通过了预选、初赛，进入了决赛。他拥有无与伦比的声线，一双迷人的眼睛和一个让灰姑娘都要掉泪的故事，立刻征服了所有的评委和观众。阿萨夫成功了，九曲十八弯之后，最终问鼎《阿拉伯偶像》冠军宝座，成了阿拉伯世界人们热议的对象。

出身底层，最终夺冠，阿萨夫成了巴勒斯坦全民的偶像，成了一个不折不扣的英雄。阿萨夫的头像被贴在了加沙和约旦河西岸的所有墙上和广告牌上。联合国救济和工程署任命他为亲善大使，巴勒斯坦总统特别与他通了电话，巴勒斯坦政府甚至为他颁发了外交护照。阿萨夫每到一处，都会被成群的制片人、保安、助手和外交官们众星捧月般地拥戴着……

“命运永远掌握在自己手中！只有肯努力向上，一切便皆有可能！”凭借自己的执着和努力，从难民营里走出来的“阿拉伯偶像”阿萨夫，对记者如是说道。

载于《当代青年》

我要一步一步往上爬，等待阳光静静看着我的脸，小小的天有大大的梦想，重重的壳裹着轻轻的仰望。我愿意做一只蜗牛，始终为梦想奋斗！

女入殓师

文 / 小佟探花

把每一件简单的事做好就是不简单，把每一件平凡的事做好就是不平凡。

——张瑞敏

入殓师又称葬仪师，是专门为逝者化妆、整仪或美容的职业。在很多人眼中，入殓师是一份神秘、特殊，甚至被蒙上一丝恐怖气息的职业。其实，入殓师并非人们想象的那么恐怖，甚至还有一些青春靓丽、时尚前卫的女孩自愿选择从事这一职业。“90 后”女孩张艳秋，就是一个追赶潮流的女入殓师。

24 岁的张艳秋，来自东北长春。她性格开朗、长相甜美、爱说爱笑，让人无论如何都很难把她和冷冰冰的入殓师联系到一起。但这却是千真万确的。张艳秋毕业于北京社会管理职业学院现代殡仪管理专业，毕业后就被分配到广西柳州市殡仪馆做入殓师。每天的工作除了搬运遗体外，还需要给逝者洗澡、做防腐、整形，再穿好衣服，做修面、化妆、美容等。

每天早晨 8：30，张艳秋来到殡仪馆，换上白大褂，便开始一天的忙碌，从容地给每位逝者打粉底、画眉毛、抹腮红、涂唇膏……化妆手法娴熟，一丝不苟。张艳秋每天要为 20 多名逝者化妆，最忙的时候，一天要为 50 名逝者整理妆容。时至今日，张艳秋已经考取了遗体防腐四级和殡仪服务员五级的技能证书。从事入殓师两年多的时间里，张艳秋已经用她的葱白般的纤纤细手，为2万多名逝者留下了永恒的美丽。

张艳秋至今记得她第一次给逝者化妆时的情景，她当时心里“怦”地跳了一下，紧张害怕得要命，不敢走近，也不敢看。师父仿佛洞穿了她的心理，微笑着对她说：“为逝者化妆，让其庄重地离去，是对生命最高的尊重，也是对逝者家属最大的抚慰。把逝者当成自己已故的亲人对待，你就不会再那么害怕了！”张艳秋照着师父教授的方法去做，果然恐惧感减去了很多。

殡仪馆内的大多数逝者都是自然死亡，少数人属于非自然死亡。当看到小孩或年轻人时，张艳秋心里会很心疼和惋惜。张艳秋一般给逝者化油彩妆或普通妆。老年人或者脸上有伤的，张艳秋就给他们化油彩妆。如果是小孩，只要稍微涂点腮红，脸色就会很好。张艳秋说，入殓师力求温柔稳重，从每一个细节帮助逝者家属渡过心理上的难关。

张艳秋做入殓师纯属偶然。记得高考报考学校时，父亲已经为她做好了出国留学的准备，但是她突然看见北京社会管理职业学院有个叫作现代殡仪管理的专业，出于新鲜和好奇，便瞒着父亲报了名。事后父亲知道了一宿没有睡觉，第二天一早问她：“可不可以换专业？”张艳秋却很坚持。张艳秋的父亲很生气，很长一段时间里不和她说话。直到不久后亲戚家中有位老人逝世，父亲与入殓师有了近距离的接触，才打消了阻拦她就读这一专业的念头。

在工作中，虽然大部分逝者家属都对入殓师较为尊敬，但也有情绪激动的家属，将悲痛情绪变成了对一切不遂意的愤怒。由于审美观点不同，逝者的情况也有很大区别，妆容浓了、淡了，家属常常不满意，就指着鼻子骂。对此，张艳秋表示理解，一遍遍地重新来做。张艳秋对殡仪行业的发展很有信心，但她心里有很多委屈，面临很大压力。由于社会上对于殡葬工作的偏见，特别是对女入殓师的偏见，给了张艳秋太大压力，并给她的日常生活带来了诸多的不便。因为她住在殡仪馆宿舍，如果晚上出去玩儿返回比较晚，出租车司机都不愿意搭载，只能走路回去。“但是自己选择的路，就是跪着也要坚持走下去。”张艳秋坚毅地说。

面对采访，张艳秋说：“其实，和其他工作一样，入殓师也只是一份平凡的工作，只是工作的对象不同而已。我热爱我的这份工作，而且由于在工作中见多了死亡，让我更加珍惜生命、家人和朋友。”

载于《辽宁青年》

每一个平凡的岗位都有意义，每一个行业都该被尊重。因为他们，才使得我们的世界如此丰富多彩。我们在享受这些服务便利的时候，是否还记得他们平凡的笑脸！

三句话，“爱上”九把刀

文 / 张嘉芮

生活就像海洋，只有意志坚强的人，才能到达彼岸。

——马克思

据说，当前最“乐活”的活法是：养最蠢的狗，交最贱的朋友，看周星驰的电影，听周杰伦的歌，看九把刀的小说。

我养过狗，朋友无论贵贱都交过，星爷的电影也看过不少，周董的歌虽然听不清他唱的是啥但也听过不少，唯独，九把刀的小说是真的没看过。甚至，连九把刀是哪路神仙我都不知道。

朋友一点我脑门子：“你呀，快 OUT 到火星上去了！”发我一个九把刀在北大的演讲和他几张照片。我一看照片，切，尖头鼻子小眯眼，跟我身边的帅哥比起来，那是芝麻掉到西瓜里，连找他的地儿都没有。

可是在我慢慢了解这个“流里流气”的“阿飞刀”过程中，我听到了他的三句话，我觉得慢慢“爱上”了这个叫作“九把刀”的家伙。

第一句话：

九把刀说：“如果你非常想要成为一个作家，你每天非常认真地写作，但是同学不想看你的作品，没有地方愿意发表你的作品，放在网络上也没有人想看，出版社也没有人想帮你出版，你心里面就要想：我要继续坚持下去，总有一天，掌声会响起来！”

这个“九把刀”，从 1999 年一次偶然的机会把自己写的小说《恐惧炸弹》贴到网络 BBS 上，引来一片叫好声之后，就不断地出版小说，但可惜都卖得很不好。但他一直坚持写到今天，这些年他总共出版了近 60 本小说。

这种坚持，需要多大的毅力？常人难以想象。

第二句话：

九把刀说：“我妈得了白血病，需要很多钱治病，我不需要你预支版税，但从现在开始，只要我每写一本书，你下个月就出版，然后立刻给我一张当天就可以换到现金的支票，这样，就可以帮我渡过难关，救活我妈妈。”

这话是九把刀对出版社说的。2004 年底时，九把刀的妈妈患了血癌。九把刀哭得很伤心。妈妈的治疗费用极其庞大，九把刀虽然出版了不少小说，但都销售得不好，很快经济上快撑不住了。这时候，那家一直为九把刀出版小说的出版社伸出了援手，问他要不要预支一些版税，九把刀就说了上面这些话。出版社答应了，从 2004 年 11 月起，他一边陪在妈妈病床边，一边用笔记本电脑写小说，玩儿命地写，他知道所写的每个字，所赚的每一分钱，都可以用来救妈妈的命。他每天规定自己必须写 5000 ~ 8000 字，他一个月一本小说，连续写了 14 部小说。

然后他鼓励妈妈要有坚强的信念，好好战胜病魔。妈妈受他的感染，非常认真地配合治疗。他连续写的第 14 本书名叫《妈，亲一下》，就是记录与妈妈共抗病魔的点点滴滴，他让妈妈写了序，签售会的时候还带上妈妈，妈妈因为化疗头发都掉光了，还戴了个假发和他一起高高兴兴地去了。

第三句话：

“说出来会被嘲笑的梦想，才有实现的价值，即使跌倒了，姿势也会很豪迈。”

其实每个人的内心都有一个梦想，只是绝大多数人都将自己的梦想深深藏在心里，不敢说出来，更不敢去做。为什么？怕别人嘲笑。

九把刀在 2005 年写过一个名叫《那些年，我们一起追过的女孩》的小说，那是他中学时代的真实故事。九把刀读中学时不仅成绩爆烂，还是捣蛋王，老师就派了一个叫沈佳仪的女生来监督他，沈佳仪学习超好，九把刀上课一不认真沈佳仪就用圆珠笔戳他提醒。慢慢地，九把刀偷偷喜欢上了这个成绩优秀又清秀可人的女同学。为了获得沈佳仪的好感，他非常努力地学习，很快从一个后进生成了优秀生，而且考上了台湾交通大学，阴错阳差的是沈佳仪竟因发挥失利而没考上。此后又过了好多年，沈佳仪嫁作人妇，九把刀的青春爱恋终于告一段落。

九把刀写好小说之后，一直有一个梦想，要将这本小说搬上银幕，而且要自己亲自做导演，因为这个故事是他青春年代难忘的铭记。

从 2005 年开始，除了给妈妈治病，他就将余下的小说版税存起来，他知道拍电影是需要钱的，需要很多很多钱。

从筹拍这部电影到真正开始，他遭遇了许多嘲笑和质疑的声浪。想想似乎这些嘲笑也有道理：作为一名网络写手，九把刀完全没有拍片经验；因为制作费用实在有限，男女主角请的都是没有拍片经验的年轻人，与“明星”根本不沾边；找摄影师时连续被 7 位摄影师拒绝，最后找到一个没拍过电影的摄影师；整个团队所有人都是菜鸟……

这是一个令人跌破眼镜的组合，要说这样的组合能拍出卖座的电影，说破了大天恐怕也没人信。在电影刚开拍后，最大的投资方因为没有信心而撤资离开。

但九把刀就认准了死理儿：“我打算用这些年累积下来的版税去对付这一场冒险，我买过车，买过房，但从今以后我可以说，我买过最贵的东西，是梦想！”

然而，更令无数人大跌眼镜的是：由这一群菜鸟鼓捣出来的电影《那些年，我们一起追过的女孩》，在台湾大卖4.1亿新台币，创下台湾电影史上“最快破亿”纪录，成为2011年台湾最卖座第二名。在香港，《那些年，我们一起追过的女孩》总票房达8000多万港币，进入香港电影史上华语票房前10名。

《那些年，我们一起追过的女孩》是一个格局比较小的故事，没有恢宏的场景和壮阔的画面，但却再现了每个人青春萌动时光，再现了那种既美好又欲说还休的情愫。每个人都曾有过青春，无论记忆里的青春曾经是灰暗的，还是明亮的，但底子都是萌动与羞涩的。

好了，九把刀的三句话说完了，这才想起来说说九把刀是谁？他本名柯景腾，1978年生于台湾彰化县。

“九把刀是年轻有为一代当中，最具金庸与倪匡实力的作家。”这话是《流星花园》制片人，“偶像剧之母”柴智屏说的。

这样的评价，不算低了吧。

载于《阅读与高中作文版》

那些被质疑被嘲笑的梦想，才有实现的价值。成功不是为了报复谁，也不是为了嘲笑谁，而是为了证明自己能行。

不要鱼竿的孩子

文 / 钱灵芸

社会一旦有技术上的需要，则这种需要就会比十所大学更能把科学推向前进。

——恩格斯

有朋友问我一个问题：如果你是一个小孩，看到河边有个老爷爷钓鱼本领实在是高，一会儿就钓了满满一篓鱼。你上去朝鱼篓里眼巴巴地瞧着。老爷爷看你可爱，说："小朋友，这篓鱼爷爷送给你吧！"你怎么回答？

我狡黠一笑，这还不简单吗，我会说："老爷爷，我不要你的鱼，我要你的鱼竿！"

正等着夸奖呢，朋友一拍我脑袋："错！"

那个小孩应该说："老爷爷，我不要你的鱼，也不要你的鱼竿，我只要你把你钓鱼的本领教给我。"

啊，那个孩子真聪明！

其实，所谓的"运气""机遇"等这些就像那根鱼竿一样，你没有本领去抓住它，掌控它，使用它，再好的鱼竿在你手里，也与一根棍子没有任何区别。

我们常常会遇到这样的人，看到别人做出了什么成绩，就会找许许多多客观的原因，比如小沈阳家喻户晓了，有人就说那是他运气好，一是有赵本山捧他，二是上了春晚。

比如刘谦成了尽人皆知的“魔术王子”，有人又不平了：真不明白这中央台搞什么鬼，大陆那么多魔术师，为什么要单单捧红那个台湾的嫩小子？

我们从不全盘否定“运气”或“机会”，就像要多钓鱼，也要一根好鱼竿一样。

但是我们更多听过这样一句话：机会总是留给有准备之人。谁能想到，像刘谦这样一个玩“神奇”于股掌之间的“魔法王子”，竟没有正儿八经拜过师学过艺，为了练手臂稳定度，他在手臂上滴一滴水，靠手腕力量掷飞镖，无数次地练习，他终于达到飞标直击靶心，而臂上水滴纹丝不动的程度。正如刘谦所说：不错，魔术是假的，但艺术是真的。

赵本山有众多徒弟，为何独独心甘情愿为小沈阳在春晚上甘当绿叶呢？那是因为被小沈阳的执着精神所打动，小沈阳无论是在家乡种地、在外乡打工，无论何种艰难的境地，他从未放弃过自己的追求。

那个从安徽芜湖小城走出的女孩赵薇，如今已是“天下谁人不识君”。又有人跳出来说若不是一部《还珠格格》，她能有今天吗？

不错，没有《还珠格格》，的确就不会有赵薇的今天。但是不要忘了，她从小城芜湖师范学校毕业后，没有与她的其他同学一样，守在某个乡镇小学的讲台上年复一年，而是勇敢地独身闯入上海谢晋恒通表演学校，后来又以专业第一名的成绩考入北京电影学院。

2006 年，在演艺圈大染缸里打滚了许多年的赵薇，难能可贵地保持了学不止步的精神，参加研究生国家统考，成功考入北影导演系。

在《花木兰》里，赵薇披上戎装，将娇滴滴的自己当成一个真正的男人，在艰苦的外景环境里，像男人一样骑在马上打打杀杀，不要以为那个在马背上纵横驰骋的是替身。为拍这部《花木兰》，赵薇短短几个月练就了精湛的骑术，连其他男演员都不禁叹服。这期间经历的所有艰难，外人何知？

再来说说谢霆锋，可能很多人与我当初一样，听到这个名字都不以为意，还不是靠他老子谢贤那点名气撑场，否则鬼认识他！

不错，谢霆锋的头顶是有他老子的光环，但是，他今天的一切，绝大部分是自己打拼而来。

11 岁时，父母离婚收场。15 岁时想学音乐，想到东京去深造，但没有钱！父亲谢贤虽然拍电影赚了不少钱，但他花钱大手大脚，欠了一屁股债务。最后谢霆锋还是去了东京，为了省钱在郊外租房，去学校路上得花两个小时。有时遇上第二天有早课，就不回住处，干脆在学校附近的公园长椅露宿一夜。

16 岁在香港唱歌，一是因为演唱功底的确还不够厚实，二是因为大部分人认为他是沾着老子谢贤的光，从心底瞧不上他。他唱歌的时候，嘘声四起。这样的场景，他承受了三年，每次唱歌被嘘，下场的时候他没有流泪，流泪的是他的助理。

有一次拍几百人场面的电影，谢霆锋的脚受伤见骨，导演要送他上医院，当他得知自己一人停工会导致数百人停工时，他没有上医院，只是用塑料纸包住受伤的脚，继续开拍。血水盈满了塑料纸，就解开倒掉血水，继续拍。

中国有句古话："道德传家，十代以上；耕读传家次之；诗书传家又次之；富贵传家，不过三代。"

那么这个"道德"二字，是否可以宽泛地理解为"精神"二字，属于思想，属于脑袋瓜子的东西，也就是那位老爷爷钓鱼的本领。学到了这个，就可以真正长久地安身立命。

而那个"富贵"，就像那根鱼竿，没有钓鱼的真本领，这根鱼竿迟早会化为粪土。

载于《视野》

正所谓授之以鱼，不如授之以渔。给你物质你可以生活一时，但不能长期赖以存活。只有掌握了做事的方法和技艺，你才会一直有饭吃。

大红皮凉鞋

文 / 晴月

这世界要是没有爱情，它在我们心中还会有什么意义！这就如一盏没有亮光的走马灯。

——歌德

这是女孩回忆悲惨的童年时唯一的一段美好记忆——关于荷和一个男孩。

夏日的荷塘里，成群结队的孩子们一边吃着刚采摘的莲蓬，一边嬉戏打闹着。她知道尽管她脚上穿的是皮凉鞋，是那个年代孩子们最羡慕的大红色，荷塘里的孩子也不愿和她玩，便一直孤零零地待在荷塘边上安静的一角。

那个下午，荷塘里的荷花和荷叶曾唤起她太多美好的思绪。

那朵半开的粉红荷花，她认为最好看。若能放在鼻尖嗅一嗅，一定清新芳香；那张又大又新鲜的荷叶，她最喜欢，若能盖在她头上，一定能一片清凉。可怎么才能够到它们呢？后来她这样想着张望着，不由得就站了起来。

“看那个从别人锅里抢饭吃的‘拖油瓶’！”顿时，荷塘里就有个男孩叫了起来。

“拖油瓶，没人要，做个棉袄，没棉套……”起哄中，突然一个男孩把手里的莲蓬皮朝女孩扔过来。女孩很意外，她以为他们是把莲蓬扔给她，便本能地伸出了小手。可皮是很轻的，抛出去没多远便落在水面上，荷塘里便响起了一阵嘲弄的喧嚣和大笑。

“给。”正当她承受羞辱不知所措，眼前的水面竟冒出一个人头来，接着一大把带着水珠的莲蓬朝她递过来，她看到莲蓬的后面那双眼睛黑亮黑亮，就像天上的星星闪着柔和的光。

“那……”她的手朝刚才吸引她的荷花荷叶指着。

“好。”男孩给她采来那支半开的荷花和那张又大又新鲜的荷叶，把荷花递给她，把荷叶盖在她头上，就开始剥莲子。他剥了许多，却一直都没吃一个，等他剥好一大把，放进她的两个手里，她才知道男孩是为她剥的。后来男孩把剩余的莲蓬上的杆都掰去，在她面前摆成一堆，便一头扎进水里不见了。

大概天太热，后来她吃着吃着就睡着了。醒来时，荷塘里已没有了人，四周静悄悄的，她顿时毛骨悚然，惶恐得哇哇大哭着就拼命往坡岸上爬，尽管茅草扎得她的脚生痛，也不敢稍作停歇，待爬到坡岸小路上，低头看脚发现脚上的大红皮凉鞋没有了，就哭得更凶了。她四处张望，寻找她的大红皮凉鞋，可哪里也没有；她想回家，荷塘边和小路上却长满了扎她脚的那种茅草；她好害怕，却不敢抬脚向前走半步，就在这时男孩又赶了过来。

“来，我背你！”他说着就在她身前扎了个马步。

“他们都不喜欢我，不跟我玩，还欺负我，偷我的凉鞋。”她擦了把眼泪，正好看到男孩又粗又壮的小腿，爬上男孩的背又委屈地哭泣起来。

“我知道，他们不喜欢你，我喜欢你。”男孩背着她一边走向回家的那条小路，一边哄她，“他们不跟你玩，我跟你玩，有我在就不会让你受委屈……”

当回忆往事，这个下午就像一个瑰丽的梦，总是让她感觉那样的温暖而美好。只是那时她才 4 岁，对于这个男孩，她只记得他向她递莲蓬时那双黑亮的眼睛，和往他背上爬时看到的又粗又壮的小腿。她并没能记下男孩的长相和名字。

而且，自那天后，她似乎再也没有见过这个男孩。

她不知道男孩是下放到这里的“牛鬼蛇神”的儿子，因父亲一直病着不能出工，只得为生产队放牛来顶替，八九岁了还没上学；也不知道他和她一样，荷塘里的那群孩子也不和他玩。更不知道在她记忆里的这个下午的第二天，男孩就随父亲回了五七干校。后来，男孩才开始上学，父亲就去世了，只剩下年幼的他和体弱的母亲。他成长的岁月相当艰难；长大后又没能考上大学，也没能找到合适的工作；后来母亲去世后他就去部队当了兵。他一直也没能有条件再走到女孩面前来。

当女孩到了花季年龄，出落得格外美丽，上门提亲的人踏破了门槛，她却始终都没找到可以依托的人。因为在关于那个下午的零零碎碎的记忆里，她总觉得自己曾答应过男孩什么，或者她根本就认为，那男孩就是她可以依托的人。这自然是女孩家的隐私。后来，当她的年龄一天一天大起来，到了在乡村再不嫁人就成了剩女的时候，就去了远方的一个城市里的哥哥那里。

男孩去部队后一直很努力，不久就破格进了军校，当他在 28 岁那年破格提到了副营，终于有条件把女孩带在身边给她有保障的生活时，他便请假往女孩家来。

“你是……”当他来到女孩家时，天已经黑了，家里只有女孩的母亲一个人。男孩很肯定地告诉老人：“你家女儿一见我就知道我是谁，我这次来是想接她和我一起去部队生活的。”

很显然，老人从来都没听女儿讲过有这么个对象，可看看外面的天，看看风尘仆仆的男孩，老人还是把男孩迎进了家里。

男孩住下后就像这家的女婿一样，第二天一大早便起来打水做饭、和老人一起下地干活、帮老人洗衣收拾房子。老人也像对待女婿一样对待男孩，每天不是杀鸡，就是去邻居家的鱼塘买鱼做给男孩吃。因为在闲聊中她了解到男孩已没了任何亲人，她一直都没把女儿的真实情况告诉男孩，直到男孩假期满了，不得不走了，她才把女儿的情况告诉男孩。

就在男孩来的前几天，老人才收到儿子来的一封信。说他妹妹最近在那边找到了一份满意的工作，他也张罗着给妹妹介绍了一个很不错的人家，妹妹什么也没说，大概是默认了，因此估计很快也就结婚了。只是老人为了让男孩死心，她告诉男孩的不是她女儿“估计很快也就结婚了”，而是已经结过婚了。并叮嘱男孩：“多好的孩子啊，赶紧找个合适的姑娘成个家吧！”

男孩离开后，女孩并没和哥哥为他张罗的那人结婚。而且为了不给远方的老人增加心理负担，女孩和哥哥也没把这情况告诉老人。

可她终究还是找了一个眼睛黑亮、小腿粗壮、靠得住的男孩结了婚。

那时，人们坐火车上或候车时都爱买份报纸看，就如现在爱玩手机。男孩离开老人，坐在候车室等车时，在一张报纸上看到了这样一条征婚启事：如果你成长的记忆里，曾有过一双小小的红皮凉鞋，就是在那动乱的年代里孩子们最羡慕的大红色皮凉鞋，它穿在一个小女孩的脚上。那个下午，小女孩孤独地坐在荷塘一角，荷塘里的孩子都不愿和她玩，只有你给她送来一大捧莲蓬，也只有你在她大红皮凉鞋丢失后，背起她走向回家的路……虽然一个四岁女孩的记忆薄弱得几乎让人无处抓寻，可既然你给我的那种感觉长在了我的生命里，我就要用我能想到做到的一切努力，把这心愿传递给你。如果你还没结婚，我想对你说：我愿你做我爱人！

载于《当代小说》

这世间，唯有梦想和好女孩不可辜负。你还记得那个一心想跟你在一起的姑娘吗？当时她那么坚定地要跟你在一起……

把理想放在更高的地方

文 / 文小圣

理想是指路明灯。没有理想，就没有坚定的方向；而没有方向，就没有生活。

——列夫·托尔斯泰

Echostar 通信公司的创办者查尔斯·厄根出身贫寒，但他却从小立志高远。

当他从田纳西大学诺克斯维尔分校大学毕业后，他的父亲对他说：“孩子，我们家境不好，供你读完大学很不容易，你要好好找一份工作，找到工作后要努力保住自己的饭碗。千万不要让我失望呀！”

可年轻的查尔斯·厄根却这样对他的父亲说：“我为什么不能让别人到我这里来端饭碗？我要让自己站在富人堆里，汲取他们致富的思想，比肩他们成功的状态，实现我致富的目标！”

他的父亲望着他，惊讶得说不出话来。

查尔斯·厄根按照自己的思维方式去努力做了，并且成功了。他不满足于得到一份稳定的工作，不满足于仅仅是解决吃饭问题，他要的是自己理想的实现，他要的是自己最大价值的体现。

于是，他成功地挤进了世界富人排行榜。

如果你稍加留意一下你就会发现，在我们身边，经常可以听到亲戚朋友们这样说：你看某某运气多好，大学刚毕业就找到了一份有稳定收入的工作；你看某某多争气，现在一个月赚好几千块；你看某某多得领导喜欢，在那个岗位上工作了十几年领导都不舍得放他走……

一直沉浸在这种舆论氛围中，不知不觉，我们就会跟着别人的思想走，认为自己这辈子如果能像那些有份稳定收入的工作，或者一个月可以赚几千块钱，或者很讨领导喜欢之类的人一样，就很心满意足了，就很令人称羡了。结果，这样的思想导致我们一辈子平庸。

我们再来看看年轻的查尔斯·厄根，他一开始就把自己的理想定得很高，然后为了这个理想而坚持不懈地奋斗。他对自己的理想充满了信心，所以他成功了。而我们许多人却总认为把理想定得高就是“好高骛远”，还担心受到众人的奚落和嘲笑。如果我们在理想和思维方面跳不出平常人的圈子，那么我们在命运上也就无法跳出平庸的束缚。

我们需要经常在内心对自己发出“王侯将相宁有种乎”的呐喊，在被众人奚落和嘲笑时怀有“燕雀安知鸿鹄之志哉”的心态。只有这样，我们才会不屈服于命运，才会不觉得宏伟的理想滑稽可笑，才会不停地为理想而努力奋斗。

把理想放在更高的地方，会让你在人生这座大山上爬得更高。

载于《思维与智慧》

你眼光的所及之处，便决定了你生命的高度。

每朵花都有自己的春天

文 / 李代金

自强像荣誉一样，是一个无滩的荒岛。

——拿破仑

他小学时在乡下读书，成绩很优秀，考上了城里的中学。然而，进了新的学校，他发现他并不优秀，他的成绩由原来的前三名滑落到三十几名，这让他非常自卑。同学们穿的衣服都比他要高档得多，吃的也比他要好得多，这让他在同学们面前抬不起头来。

他不跟同学们一起玩，大家也不喜欢与他玩。他不跟同学们交谈，同学们也不喜欢与他交谈。他孤单，他寂寞，他无奈，他伤心。上课，他从不举手回答问题。老师叫到他，他站起来，埋着头说不知道。老师很生气，却也无可奈何。

不是每一个老师都不关心他，他的班主任就特别注意他。班主任看到他一天比一天消沉，心里很不是滋味，他知道，他曾是一个自信阳光的男孩。

那是一个下午，那是一节班会课，班主任说今天的班会课举行一场比赛，书法比赛，优秀的同学，将会得到奖励。班主任此言一出，同学们纷纷响应，一个个拿出笔和本子，准备接受挑战。班主任指定一篇课文，让大家抄写。班主任话音刚落，同学们就翻到了那篇课文动起了笔。

班主任笑了。班主任在教室里走来走去，班主任走到他身边说，写得好，我很喜欢你的字！这句话，让他心里非常舒坦。在这所新的学校，这是他听到的第一句表扬。是的，他的字写得好，在小学的时候，每一位老师都这么说，他自己也这么认为。今天，他会写好字，让所有的同学刮目相看。

以前，他上课不认真，但是这节课，他无比认真，他全神贯注，他笔下的每一个字都让他无比兴奋，他想他的字肯定是班里最优秀的，他肯定会获奖。

下课的时候，他将本子交给了班主任。然后，他期待着好消息。

第二天一早，班主任就公布了书法比赛的结果，他果然是最优秀的，他是第一名。然后，班主任给他和前几名的同学发了笔记本。他的笔记本与众不同，最高档。班主任发完奖品后希望大家向他学习，说以后还会不定期举行比赛。

下课的时候，班主任让他到办公室。他有些忐忑不安，不知道班主任叫他干什么。跟在班主任后面进了办公室，班主任指着一张板凳对他说，你坐！看样子，班主任不是批评他，要是批评他，不会叫他坐，只会叫他站。他受宠若惊，坐了下来。

班主任在他对面坐下，问他，你获得书法比赛第一名有什么感受？他笑着说，我高兴！班主任说，仅仅只是高兴吗？他说，还有，我很优秀！班主任笑着说，对，你很优秀！我知道，在此之前，你一直在同学们面前感到自卑，抬不起头来。从现在开始，你能自信了吗？他说，我不知道。班主任说，我知道，你来自农村，家里条件差，穿得不如大家，吃得不如大家，现在的学习也不如大家，心里很难受。

他沉默了，原来这一切，班主任都了如指掌。班主任说，桃花春天开放，荷花夏天开放，菊花秋天开放，梅花冬天开放，每一朵花都有开放的时候，每一朵花开放的时候就是自己的春天。桃花开的时候，别的花不会自卑，它们默默地等待，因为它们知道，它们也会开放，也会灿烂，并不比别的花差劲。其实，每一个孩子，都是一朵花，都是优秀的，都有自己的春天。你说是不是这样？

他想了想，是这样，他点了头。班主任说，以后，你还自卑不？他说，不了！

此后，他真的不再自卑，他抬头做人，他大大方方地与同学们交谈，高高兴兴地与同学们玩耍。因为自信，他的成绩一点点提高。因为自信，他的字越写越好。他越来越受老师和同学们的欢迎，所有的人都因为班里有他这样一位同学而感到骄傲。

许多年之后，他成为一名老师，他还是一名书法家。他的书法，学生们纷纷效仿。

面对今天的自己，他无比欣慰。他彻底地明白，每一个人都是一朵花，每一朵花都有自己的春天。所以，每一个人，在任何时候都不必自卑，都要自信阳光地生活。

载于《思维与智慧》

如果你站在阳光下，你的阴影将留在你身后。自卑是身体的魔咒，想要打破魔咒就要勇敢地走出去，勇敢地面对周遭一切，重新焕发生机。

坚持梦想

文 / 追梦人

不要失去信心，只要坚持不懈，就终会有成果的。

——钱学森

上中学的时候，我和钟有胜是同桌。那时候，我的语文出奇的好，而钟有胜的数学则出奇的好。为此，我当上了语文科代表，他则当上了数学科代表。

自然，我最喜欢的是语文课了。而钟有胜，无疑最喜欢数学课。课后，我做语文作业，钟有胜则做数学作业。钟有胜对数学难题特别痴迷，他总是找些难题来解答。那些难题，我是一窍不通，而钟有胜则能在很短的时间内解答出来。同学们都说他是数学天才。数学老师也特别喜欢他。

有一天，钟有胜告诉我他有一个梦想，问我知道是什么吗？我说是想当数学家吧！他笑了，说我猜对了，他就是想当数学家。他说数学太有趣了，而他的数学又是那么好，不当数学家当什么呢？钟有胜还说他知道我的梦想是什么。我问他是什么呢？他说我的语文那么好，作文总是被老师拿来当范文讲，肯定是想当作家。钟有胜算是猜对了，我还真的是想当作家。

在后来的很长一段时间里，我和钟有胜都在为自己的梦想努力。因此，钟有胜的数学越来越好，代表学校参加各种比赛，而我的作文也总是屡屡获奖。

可是让我没有想到的是，后来的一天，钟有胜突然告诉我说他不想当数学家了。我问他怎么了，他说数学家不好当啊，难题太多！原来最近这些日子老师找了些难题给他做，把他给难住了，他这才知道数学有多高深，所以他决定放弃了。我问他以后有什么打算，他说他想当书法家。我听了立即就说这个好。那时候，班里的黑板报由他负责，他的字不管是钢笔字，还是毛笔字都写得很不错，我都非常羡慕他写得一手好字，老师也总是夸奖他字写得好。

后来的日子里，只要有空余时间，我就发现钟有胜在练字。有时，我还把他写过的本子拿来认真看，甚至还想学他那一手字。班上的许多同学都想学他的那手字，可是无一人成功，所以我不得不放弃。我依旧爱着语文，依旧爱着写作文。尽管老师没有布置写日记，可是我天天都写。钟有胜总是说不知道我脑子里怎么想的，怎么老有那么多写的。那时候，他最讨厌的就是写作文。一遇到写作文，他就向我讨教。

同学们都羡慕着钟有胜的那一手好字，大家都叫他书法家。我还笑他说以后真的当了书法家，给我写字可不能收钱哦。他笑着回答我一定不收。可哪想到，一段时间过后，他不再练字了。有一天我发现他在画画。我感到很奇怪，我问他，你不是想当书法家吗？怎么改画画了？钟有胜笑着告诉我说他不当书法家了，他说喜欢书法的人少，也没有多大前途，还是画画好。原来，他想当画家了。

画画，也是钟有胜的特长，他的美术作品还获得过大奖。画画，的确更有前途。我真羡慕钟有胜能画画。在看过他几幅作品后，我的心也动了起来，也想跟着他画画。那天我让他教教我的时候，他笑我说你也想画画？你画得不如我，别做梦了！钟有胜的话，尽管让我很不高兴，但是我想他说得没错，我画得不如他，还画什么呢？成为画家？不可能！

以后的日子里，钟有胜画画，我则写作文。因为我们在自己的梦想上花费了太多时间，耽误了学习，最终，我们都没能考上大学。

后来，我进了一家工厂，钟有胜进了另一家工厂。工作之余，我依然没有忘记自己当初的梦想，所以一有空就写稿。因为越写越多，越发越多，后来我不在厂里上班了，回家专门写稿。而钟有胜，据说进了工厂后就再也没有画画。我很为他惋惜。

多年之后，我和钟有胜见面。我们谈起当初的梦想，钟有胜无比羡慕我，他说我实现梦想了，说我真幸福。他说他真不该不断地变换自己的梦想，他说如果他也像我一样坚持，那么，现在的他，即使不是数学家，不是书法家，至少应该能成为画家。我问他现在还想不想画画，他说不想画了，还是好好工作吧。

后来，我听别的同学谈起钟有胜，才知道他如今一心钻研工厂里的机器，他只要一听机器运行的声音，就知道有没有问题，就知道问题出在哪儿。现在，许多工厂都找他去修理机器，工厂里的人都说他是修理专家，说没有他解决不了的问题。我终于明白那天他告诉我说好好工作的意思，他已经有了新的梦想，他也懂得了坚持梦想。我想如果我也像当年的钟有胜一样的话，我现在肯定不会成为撰稿人。

每个人都有自己的梦想，每个人的梦想都不简单，都可以成就自己。只是生活中，有太多的人不断地变换着自己的梦想，最终一无所获，空留遗憾。当然，如果能及时醒悟，永远都不晚。

有梦想是一件美好的事，坚持梦想，更是一件美好的事。坚持梦想，人生因此而变得快乐和幸福；坚持梦想，人生更因此而拥有灿烂的阳光。

因为有了梦想，我们才能拥有奋斗的目标，而这些目标凝结成希望的萌芽，在汗水与泪水的浇灌下，绽放成功之花。

载于《励志》

在这个说梦想都奢侈的年代，在这个快节奏的年代，越来越觉得坚持梦想该有多么的难能可贵。最后实现梦想的，一定是那些坚韧并且执着的人。每个人都可以有梦想，但不是每个人都可以实现梦想。

含泪奔跑

文 / 程刚

信念是鸟，它在黎明仍然黑暗之际，感觉到了光明，唱出了歌。

——泰戈尔

英国一个调查机构就“你是否是一位强者”这个问题，对 100 位成功企业家进行调查，结果显示，100 位企业家都认为自己是一个强者，企业在从小到大、从无到有的过程中，都曾面对各种各样的生存问题，但无疑他们都挺了过来，所以，他们觉得自己很强大。

调研机构将 100 位企业家的情况资料分发给 100 位学生，请他们提出最想知道这 100 位企业家的哪些问题。几天后，结果统计出来了，有关注企业家现在有多少钱的，有关心企业家身体是否累垮了的……但令调研机构没想到的是，竟然有 23% 的学生想知道企业家哭过没有，他们强烈地想知道，面对一个又一个困难，是不是所有的企业家都会笑着面对，然后坚强地渡过难关。

为了解答学生们提出的问题，调研机构连续组织召开了几次见面会，联系一些企业家与学生见面，讲述他们的创业历程。一天，调研机构请来了传媒业巨头默多克，他也是参加这次调研的企业家中的一位。默多克笑着解答着学生们提出的各种问题，就在这时，一位同学站起来，大声地问道：“默多克先生，在我眼中你是一位超级强者，但我很想知道，你的创业历程中有没有眼泪。”

默多克沉默了一会儿，没有正面回答这位学生的提问，而是给大家讲了一个故事。那一年，他的公司破产了，他便到大街上卖报纸。一天，报纸正好有一个版面专门分析他的公司失败的原因，他看到后心潮翻涌，五味杂陈。事情更巧，就在这一天他恰好遇上了曾经的竞争对手，看到他落魄成这样，对手幸灾乐祸，假惺惺地过来买报纸，并告诉他："亲爱的，我的公司员工都想看今天的报纸，现在马上下班了，你如果能在 20 分钟内跑到公司，并给每个人发一份报纸，我将以每张 20 倍的价钱付给你。"这个地方到那家公司有近 7 公里，就是专业长跑运动员，尚且需要近 20 分钟，对他来说这个时间几乎没有可能，况且他的公司有近 100 个员工，他至少要背上 100 份报纸。可他顾不了这么多了，投出 100 多份报纸后，开始疯狂地向那家公司奔跑，因为做成这笔生意，对于穷困潦倒的他来说，是一笔不小的收入。这一路，他横穿马路不知道遭到了多少次谩骂，他的裤子甚至被铁丝网划破露出了屁股他也没停下……最终，他真的在 20 分钟内跑到那家公司，并给那里每个员工发了一份报纸，然后便晕了过去。醒来时，他依然躺在那里，只是身边放着一个信封，里面有一笔不小的收入。

"可你并没有说你哭了没有，流泪了没有。"那位学生听完后站起来又问他。默多克笑了，对他说："孩子，面对各种困难、各种屈辱，我怎能没有眼泪？但我要告诉你，真正的强者，不是没有眼泪，而是能含着眼泪继续奔跑。"

默多克说完，掌声瞬间响起，经久不息。

载于《人生与伴侣》

每个人都要遭受各种各样的质疑，打击，甚至羞辱。这都是很正常的事。但是，不能因为这些就停止奔跑，因为每一个成功的人都是这样过来的！

苦难是化妆的幸福

文 / 小刚

困难，是动摇者和懦夫掉队回头的便桥，但也是勇敢者前进的脚踏石。

——爱默生

他是一个早产儿，体质很差，4 岁时患上了天花，虽侥幸死里逃生，可从此满脸麻子，和他一起玩的孩子根本不敢见他。6 岁那年，他又得了猩红热，父母拼尽全力终于从死亡线上把他拉了回来，可他的身体受到了严重的摧残，视力衰弱，一只手半残，再后来，他又遭遇了车祸……一天，难过的他追问母亲：“妈妈，为什么我总有病？总是这样不幸？”母亲对他说：“这是上帝在考验你。”他似懂非懂，哭着对母亲说：“我不想接受考验。”母亲无言以对。

14 岁那年，他的父亲带着不舍离开了人世。临终时，父亲把他叫到身边，对他说：“孩子，人生不可能永远苦难，记住这个世界的美好，记住：所有的苦难都是化了妆的幸福，你要走过苦难迎接幸福。”他含泪记住了父亲的话。

现实不允许他坐着等待幸福，为了养家，他不得不辍学，可他没有放弃书本，每天做工回来，便如饥似渴地自学，他对天文非常感兴趣，渐渐到了痴迷的程度。18 岁那年，他再次遭受人生打击，他的母亲被指行巫，

不久可能被教会活活烧死，母亲绝望了，告诉他一定要照顾好他妹妹。他难过极了，已失去了父亲，再不能失去母亲了！此刻，他显现出无比的坚强，对母亲说：“妈妈，爸爸走的时候告诉我，苦难是化妆的幸福，你要挺住，幸福会来的。”母亲受到了他的鼓励，任凭教会折磨坚持活下来，最终，他四处奔走求救，母亲幸免一死，活着走出了关押地。

幸福还是没有来。那一年，母亲患重病不久离世，剩下了他和一个患有癫痫病的妹妹，母亲走的那天一直放心不下，不闭眼，可又说不出话，他擦了擦眼泪，笑着对母亲说：“妈妈，没事，放心睡吧，我会带好妹妹，苦难是化妆的幸福，我等着，你和爸爸在天堂看着。”母亲听了他的话，泪水从眼角里流了出来，安详地闭上了眼。

母亲离世后，顽强的他一边继续着学业，一边照顾着妹妹，为了攒够给妹妹治病的钱，他每天只吃一顿饭，再苦再饿，只要想起父亲的那句话，他浑身充满了力量。

这一年，他成家了，并很快有了孩子。刚刚享受家庭的天伦之乐的他以为幸福来了，可不幸的是几个孩子相继夭折。他曾经想过死，可想到还有妻子，想到自己喜爱的天文事业，他又舍不得死，只好把苦难埋在心底，继续开始自己人生的征程……

1594年他去了奥地利，先在一所中学当数学教师，业余时间从事天文学研究，并渐渐有了些小成就。1600年初，他的一篇论文被丹麦天文学家，近代天文学的奠基人第谷发现，在第谷的热情邀请下，他来到布拉格，当了第谷的助手，尽管一年后第谷不幸去世，但这一年里他的成果丰硕，被任命为皇家天文学家，继承了老师未竟的事业，并在后来的天文研究中取得了巨大的成就，发现了行星运动三大定律，为哥白尼创立的“太阳中心说”提供了最为有力的证据，被后世誉为“天空的立法者”。

他叫开普勒，凭着远大的理想、顽强的意志和旺盛的求知欲望，在天文领域做出了一系列杰出贡献。曾经有人问他，你成长的这些年就是在苦难中度过的，你是怎么承受并坚持到现在的？他听后突然哭了，他说，活着是一种责任，更是一种等待，正是因为经历了很多苦难，没有任何一个人比我更渴望得到幸福，因为父亲曾经告诉我：“苦难是化了妆的幸福。”

载于《少年天地》

苦难是赐予生命最厚重的礼物，因为这些苦难，让我们越发坚定地相信生活会有更多美好的一面。

第七辑

你是否也心怀这样的一片海

追求的目标可以远大一些，但现实生活中必须脚踏实地。找一份工作养活自己，有一个爱好丰富人生。不好高骛远，不华而不实。条条大路通罗马，做一个普通人未尝不可，从普通人做起，走得也许比别人还要远。

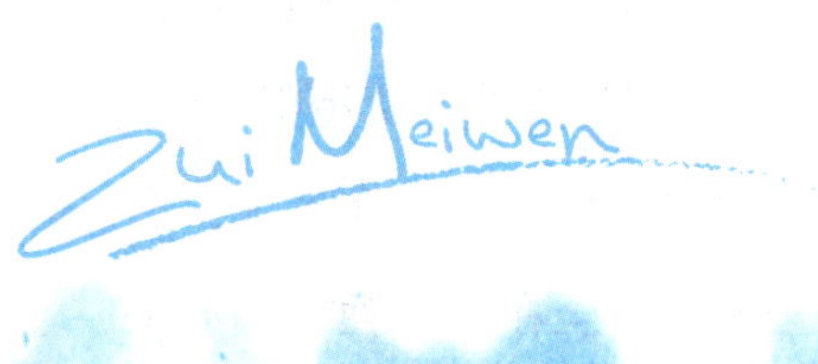

你的过去不是现在

文 / 小程

业精于勤，荒于嬉；行成于思，毁于随。

——韩愈

他出生于美国北卡罗来纳州格林斯波罗镇，从小在叔父的药房里当学徒。后来，只身来到得克萨斯州闯荡，先在一个牧场里放牛，再后来做会计员，最终在得克萨斯州奥斯汀城的一家银行里有了份稳定的工作。

1895 年末，这家银行在年终结算时发现有一笔公款短缺，他自知事情败露连夜出逃，跑到了洪都拉斯。在那里生活的几年里，他孤独无助，想着自己努力打拼，本来前程光明，却因一时糊涂事业全无懊悔不已。他感觉被这个世界抛弃了，所有人都鄙视他，即使走在异国的街头，他都不敢抬头，总感觉有人在背后指责他是贪污犯。

这一天，他来到了广场上，坐在那里，愁肠百结，感觉已没有活下去的理由。他买来一瓶酒，坐在那里独自喝起来，然后准备离开这个世界。就在这时，一位年轻的女孩急匆匆地跑过来，对他说："哥哥，你是不是还要在这很长时间，我父亲要做手术我得赶过去，可我在等朋友，要把这个皮包给他，这个事也很急，请您帮忙代我把这个包给他，好吗？他穿黑色的西服戴礼帽……如果他没来，我很快就回来。""可我是个贪污犯，你相信我吗？”他借着酒劲，勇敢地说出了自己的苦闷。“你的过去不是现在，我觉得你是个好人。”女孩子边说边把皮包放在他手里，虽然没有经过他的同意便转身跑走了，但看得出她确实很着急，委托他帮忙也是真诚的。

他心里突然涌起一股暖意，看来，这个世界上还有人相信他。他打开包，里面放在着一些现金和资料，他立即把包封上不敢再看，把酒扔在一边，认真地看着广场，盯着穿着西装戴礼帽的男人，可男人一直没有来。等了好长时间，女孩倒是回来了，见他正端坐在那里，跑上前感谢。女孩坐在他的旁边，一边等朋友，一边和他聊天。他再次问她:“我是个贪污犯，你不怕我把你东西拿走吗？”女孩笑了，对他说：“亲爱的，我只相信现在的你……”

就是在那个夜晚，“你的过去不是现在”这句话一直萦绕在他的脑海里，似乎让他读懂了人生，也让他把所有苦闷都释放出来，重新认识了这个世界。他突然感到这个世界还有人相信他，他没有被抛弃。第二天，他决定回国看望妻子和孩子，并接受审判，最终被判五年的徒刑，可他却感到了从未有的快乐与轻松，对未来生活充满着期待。

在监狱里，他无数次地把自己在广场时的那个故事讲给其他狱友，告诉大家不要纠结过去，好好地珍惜当下的时光……“你的过去不是现在”这句话，成为支撑监狱中许多犯人改过自新的座右铭。他在监狱中积极表现，用在那里的时光尽情地思考人生，并把自己的过去浓缩为生活中一个又一个小人物，开始从事小说创作，1901 年，他因“行为良好”提前获释。

他叫威廉·西德尼·波特，笔名欧·亨利。欧·亨利一生创作发表了 300 多篇小说，作品被收入多种文集，轰动了美国文学界，他也被誉为“曼哈顿桂冠散文作家”和“美国现代短篇小说之父”。一次文艺者聚会，有人问及他成功的秘诀，他流泪了，对大家说：“你的过去不是现在，过去你不行，不代表现在不行，现在你行，再过几十年，你不一定行。你要做的就是忘记过去，抓住现在。”

载于《天地青年》

过去的已经过去，当下的正在进行，未来正大步流星走来。过去或者未来，都是你不必操心的事，你要做的就是把握现在，现在过得好与坏，决定你未来的生活！

世界上的最大荣幸

文 / 荒沙

爱，可以创造奇迹。被摧毁的爱，一旦重新修建好，就比原来更宏伟，更美，更顽强。

——莎士比亚

他的童年很苦，拮据的家庭让他发誓改变这种状况。

那一年，圣诞节来临。他得到了母亲送给他的小礼物，他高兴极了，立即拿着小礼物跑到邻居家炫耀。邻居家里的生活更窘迫，小女孩莉沙圣诞节一个礼物都没有。莉沙看着他的礼物，一直追着他，请求让她看一看，可他怕莉沙抢走礼物，立即跑回家，莉沙追了过来，被他关在了门外。母亲忙问怎么回事？他说他不想给莉沙看这个礼物。

外面十分寒冷，刚才在外面玩时，他的手冻僵了，也弄脏了。母亲带他到水房洗手，天太冷，他提出母亲烧点热水再给他洗，可母亲却笑着对他说：“孩子，水虽然是凉的，但你会感觉到他是热的。”“可它是凉水，怎么会是热的呢？”他立即问母亲。母亲直接打开水龙头，拉着他的手伸了过去。“是不是有温暖的感觉？”母亲问。他真的感觉很温暖，立即好奇地问母亲说：“这水明明是冷水，怎么感觉是热的呢？”“孩子，虽然他是冷水，但你手的温度更低，所以，当你接触它的时候会感觉很温暖。”他听后陷入了沉思。母亲笑着对他说：“孩子，虽然我们的圣诞礼物也不好，但莉沙却啥也没有，你比她强，如果你能满足她的心愿，她就会感到这是圣诞节的温暖，也会感到这是最大的荣幸。”他听懂了母亲的话，直接拿着圣诞礼物去找莉沙……

从此以后，他把母亲的话印在了心底，一颗爱的种子在他心底生根发芽。后来，他渐渐长大，经过打拼成为一名企业家，从事过汽车行业，后转为房地产。从20世纪60年代起，他建立了全球闻名的旧金山市附近的“黑鹰”地区发展项目，他特意把许多穷人纳入自己的公司，自己出钱为他们培训，然后再手把手教他们上岗……他热衷于各种公益事业，不停地拿出企业收入向世界上一些贫困地区捐赠食品、药品，出资赞助教育事业。

2000年6月，他捐款1500万美元成立了世界轮椅基金会，为世界上所有残疾人造福，该基金会迄今已捐赠了数万辆轮椅到世界各地。

一次，一位记者采访他，问他为什么这样义无反顾地投入到慈善事业，他笑着对记者说：“我的母亲曾经告诉过我，世界再冷，只要我的温度高，就可以温暖别人。如果每一个人都去帮助命运不如自己的人，世界会变得更加美好，这也是世界上最大的荣幸。”

他叫肯尼斯·贝林，是著名的企业家，更是著名的慈善家。“帮助别人，是世界上最大的荣幸”这是他人生的座右铭，他也在为这句话一直努力追寻着。

载于《创新作文》

就像有句歌词中唱的那样，只要人人都献出一点爱，世界将变成美好的人间。一个心怀感恩的人，必定有对生活的向往和奋斗不止的动力。如果你还没有奋斗的动力，那就请你想一想，谁是你爱的人，谁还对你一直抱有期望！

只问耕耘

文 / 思想者

锲而舍之朽木不折，锲而不舍金石可镂。

——荀子

就这样默默地埋头写作，辛勤地耕耘着自己的“一亩三分地”，至于收获则不是我们所能企求的。

不论是一国的总统、大公司的老总，还是个体从业者，抑或一个普通的农民，都有自己的“一亩三分地”，虽然种的“庄稼”各不相同，但是每个人都渴望丰收。

有的时候，我们太看重结果，还没付出就妄想得到，总是好高骛远，而往往忽视了脚下的泥土，懈怠了每天的耕耘。因为心的力量分散了，我们三心二意地经营着自己的事业，到头来，收获寥寥，只有叹息。

同样都是“种地”，为什么有的人丰收，有的人总是歉收呢？

这里面有客观的原因。比如说，有的地在高岗上，土壤肥沃，遇到雨水大的天气也不会发生涝灾；有的地在低洼处，土质贫瘠，庄稼因先天不足而生长缓慢，收成当然不尽如人意了。此外，种地靠天，也非人力所能左右的。

可是，主观因素起着决定的作用，丰收还是歉收往往取决于你是否用心地耕耘。种地分人，再好的土地如果遇到懒惰的人，也不会有大的收获；

再差的土地如果遇到勤劳的人，那么总有一年会丰收。

虽然每个人的事业有大有小，但是，相对来说，都是一亩三分地。土地是不会欺人的，它只青睐那些肯付出汗水的人。

你看台上演戏的人，他们把角色演得惟妙惟肖，殊不知，“台上一分钟，台下十年功”，他们成功的背后不知要付出多少汗水啊！

再看那些有成就的大作家，也并非一夜成名的。要知道，“板凳须坐十年冷”，“字字看来皆是血”，此中滋味又有谁能真正理解和体会呢？

冰心说：“成功的花儿，人们只惊羡它现时的明艳，然而当初她的芽儿，浸透了奋斗的泪泉，洒遍了牺牲血雨。”

于是，我们懂得了成功与付出之间的内在关系，几分耕耘才能换得一分收获，这世上没有谁能随随便便成功。人生应抱着这样的态度，只问耕耘，莫问收获，因为收获正蕴藏在默默耕耘的过程中。

载于《档案天地》

对于一件事情的成败，不要去在乎，只要努力去做就好了。在意得多了就容易分散注意力，从而出现焦虑、失落、焦急、不耐烦等情绪。这样是不利于人的。

第一次出门远行

文 / 邢占双

在不幸中所表现出来的勇气，通常总是使卑怯的心灵恼怒，而使高尚的心灵喜悦的。

——卢梭

第一次出门远行时我 18 岁，那年寒假只在家待了两天，因为实在受不了父亲，他顿顿喝酒，日夜牢骚，我无法静心读书写作。于是，在一个寒风刺骨的早上，母亲眼泪汪汪地送我到村头，“要不就别去了。”“路上注意安全啊。”“过年，早些回来啊。”我不忍回望，踏着积雪，踩着小道，奔向镇里，来到县城，踏上北去的火车，去山里舅舅家。我要在毕业之前完成一篇小说。

旅途上遇到了一个邻城大学生，他比我高比我帅，戴着眼镜，是师专的，我们很谈得来，谈论最多的是文学，我知道的他也知道，他知道的我也知道。旅途不再寂寞，他说他喜欢写诗，他赠我一本杂志，我赠他一本小说集。我们互留地址，握手告别，有事写信。

火车继续向北行进，车里真冷，光板的座椅又硬又凉，坐一会儿便得站起来活动活动手脚，否则冻木了。旅客稀稀拉拉，坐车的都是一站地两站地就下车，有时整节车厢就剩我一人。火车慢慢悠悠有个小站就停一下，车窗上结了一层霜，看不见外面的景色，我吹口气哈出一个猫眼，只见火车穿行在两山之间，没有什么新鲜的景色，很快就倦怠了。

穿过两个山洞之后，我的心便紧张起来，要到地方了，真怕过站。年轻女列车员特意来告诉我，下一站就是乌尔奇了。火车在一个小村旁顿了一下，我刚跳下车，它便呜的一声，不屑一顾地走了。

舅舅家的茅草小屋位于河岸的一个高岗上。白天，舅舅上山伐木。我只身一人盘坐在石头炕上，写一篇青春小说。累了，就到外面走走，天空瓦蓝瓦蓝，像水洗过似的。踏雪到密林深处吼几嗓子，向树林深处走走，可惜我来得不是时候，欣赏不到美景，采不到山珍野味。

晚上，独坐昏黄灯下，读我带去的十几本书，反复听那几盘磁带。舅舅到邻家串门，总是很晚才回来。舅妈带着两个孩子回娘家了，年后才能回来。

火车开过，石头炕也跟着抖动，令我追想它连接的那个世界，那个世界很精彩，要想走得更远，我就要努力。

几天后，我要去看姥爷，好些年没见他了。他在市里一家医院烧锅炉。舅舅领我坐火车来到市里，将我送到地方。那是一所军队的医院，一所空荡荡的大房子，在房子的一角，是姥爷的房间，里面摆放着一张床和一张地桌。姥爷见到我，很高兴。晚上为我做了炒羊肉，羊肉是附近一家人给的，那家人死了只羊，不会剥羊皮，姥爷帮剥的，得到了两条大腿和一些羊排。姥爷看我吃得很香，老眼里闪着欢乐的光。

晚上，我常常熬夜写小说，地桌下的凉风嗖嗖地钻进裤管，没办法，只好将裤管扎起来。姥爷一觉醒来总会劝我："时间有的是，你要注意身体，你这样不睡觉，到老时病就找你了。"我对姥爷的劝告不以为然，觉得他说得很可笑，睡觉嘛，想睡时就睡，困时再睡也不迟。现在才懂得，姥爷说得有理。

姥爷领钱了，他用枯黄的手指数着角票，两个月的工钱，160 元。他数来数去，拿出 30 元给了我，告诉我省点花。他这一生，从来没有积蓄，贫穷像影子一样伴随他。他一次给了我这么多钱，让我深感意外，感动得嗓子眼发堵。等到我挣钱时，一定好好孝敬他老人家。

第二天，我拿着姥爷的钱，逛了新华书店，买了几本诺贝尔文学奖获奖作品。在城里逛了一圈，到城外登了回山。

除夕之夜，我回到舅舅家。我走出很远，去铁路边上看《春节联欢晚会》。李春波的《一封家书》使我忍不住落泪，我怀念家中满桌的菜肴，怀念与伙伴在一起甩扑克的快乐，怀念家乡过年的温馨气氛。我和舅舅在一起度过了冷冷清清的一个年。

临近开学，我穿着舅舅送我的一套崭新铁路服，回家，回学校，将小说投给了一家杂志社。

不久后，我收到那位大学生的来信，他说我是值得交的知己，同时也收到退稿信，我默默地将稿子压在了箱底。

但我至今忘不了第一次出门远行的日子，那是我寻梦旅途的开始，虽然距离成功遥遥无期，但苦涩中有宁静，自由中有幸福。那座茅屋，那座城市，那些日子我将永远铭记。

载于《阅读经典》

每个人都有成长中的第一次，第一次出行，第一次独自坐火车去很远的地方，第一次谈恋爱，第一次尝试做一件事……你还记得你最勇敢的第一次吗?

从普通人做起

文 / 李军民

不要光赞美高耸的东西，平原和丘陵也一样不朽。

——菲·贝利

煤矿工人被誉为开采光明的人，多年前我有幸成了其中一员。

16岁初中毕业，考虑到我的学习成绩和家庭经济状况，父母一合计，给我报了矿务局技校，因为上技校既无经济负担，也无竞争之虞，而且三年以后我就可以成为煤矿的正式职工，何乐而不为！

一位与我一起放弃上高中考了技校的同学怕被别人嘲笑，见了同学绕着道躲着走。我设身处地安慰他，个人的实际情况和志向不同，不一定人人都要上大学，往一条道儿上挤。上大学是实现自身价值的一条重要途径，但不是唯一途径，也不是炫耀的资本，只要通过正当渠道，做一个自食其力的人就是光荣的。并不是安于现状，而是量力而行；并不是没有追求，而是面对现实。为什么非到碰得头破血流、鼻青脸肿才知回头？有舍才有得，往一条路上挤，条件不具备，即使成功了也是侥幸。况且，那些嘲笑我们的同学自己也好不到哪里去，三年以后他们说不准还不如咱们呢！

三年的学习平淡无奇，半年的实习也按部就班，因为就在家门口上学，领略不到外面世界的精彩，与那些在外读书的孩子们相比可能我们缺少了对社会的了解，但是我们借助于企业的精心培养，学到了足以养活自己及家人的一技之长。我入学时说的那句话最终得到了应验，真有同学三年以后没考上大学返回来上了技校，他们入学的时候我们已经参加了工作挣到了工资。

分配到煤矿以后，我和同学们被安排在井下一线。我的胆子比较小，下井以后跟在师父后面亦步亦趋，不敢跑远了。黑魆魆的巷道，冷飕飕的凉风。身上穿着宽大的工作服，脚上是笨重的黑胶靴。我一边走，一边抬头看顶板，低头看脚下。头上的塑胶帽壳被顶板的木板磕碰得“啷啷”直响。刚开始坐“猴车”时怎么也跳不上去，钻液压支架时低不下头弯不下腰，被割煤机开动后扬起来的煤尘呛得直咳嗽。老师和师傅们讲过，煤矿事故不可预测，水、火、瓦斯、顶板、运输，各类事故稍不留神就会出现，死亡如影随形随时可能发生。因此，巷道一有气味我就担心有瓦斯涌出，顶板一有煤面子往下漏我就害怕冒顶。一个字“怕”！后来慢慢摸准规律，对规程了解透彻了，各种情况见得多了，也就不再害怕。

煤矿是一个高危行业，马虎不得，含糊不得，从事井下管理必须有基层工作经验、井下工作阅历，抓基层，打基础，苦练基本功，采、掘、机、运、通样样精通，不在每个系统干干，不知道工作流程绝对不行。事实就是这样，技校毕业以后大家不仅扎实工作，而且虚心好学，好多人上了各种函授刊授学校，使理论和实践得到有机结合，学的知识能够落了地，变成生产力，绝不是空中楼阁。有些人获得全省、全国科技进步奖，还有的获得政府津贴。大部分技校生从井下一线干起，许多人积累了丰富的管理经验，从队长、区长、科长、副矿长一路升上来，最后成了关键岗位的领导。在工余时间，我对知识的渴求也不曾懈怠，每年读各类书平均40多本，做不少于10万字的笔记，提升自己的思想修养。因为工作踏实，阅历丰富，我被组织选中从事了煤矿办公室管理工作，后来又做了局里的人力资源管理工作。

当这个社会竞争日趋激烈，找工作成了难上加难的事情之后，许多大学毕业的矿区子弟回到矿务局安身立命，局里挤出就业岗位安排他们在矿上工作。大部分大学毕业生是好的，但也有一些大学生参加工作后，只想着如何评定职称，进入管理岗，当上技术员，提拔为科长，再一步步提拔为矿长、局长，完全忽略了从最基层井下一线干起，从一名普通的矿工做起打好基础。许多人在纠结中慢慢消磨了意志，丧失了信心，荒废了事业。作为煤矿的领导觉得最好用的一是退伍兵，二是技校生，然后才是大学生。人们开玩笑说，技校生出来当了领导，而大学生出来却当了工人。

实践证明，生存是第一位的，工作可能不是你理想的事业，但掌握一技之长是必需的。爱好是不可缺少的，在你陷入泥沼时它能拯救你，在你身处逆境时它能激励你，在你落寞无助时它能陪伴你。

追求的目标可以远大一些，但现实生活中必须脚踏实地。找一份工作养活自己，有一个爱好丰富人生。不好高骛远，不华而不实。条条大路通罗马，做一个普通人未尝不可，从普通人做起，走得也许比别人还要远。

载于《才智》

每个人都应当在自己平凡的岗位上努力奋斗。就像平凡的世界里的孙少平。纵使生活中有太多荒芜，可是还依然那么热爱生活。他是那么乐观，心又是那么向往自由！

我长大反正不买宝马

文 / 张素燕

成功，是内心的造就。

——拉尔夫·M. 福特

一位青少年心理专家应邀来给我们学校师生做讲座。在谈到理想这个话题时，专家说，每个人都要有理想。从小就要树立远大的理想，就像你们现在就要树立考清华、北大的理想一样。如果你连想都不敢想，那你这一辈子肯定与清华、北大无缘。如果一个十几岁的男孩子没有自己长大了要买宝马的理想，那他以后也不会有什么出息的。你首先得敢想。有了理想之后，就朝着既定的目标去奋斗、去拼搏、去争取，即使最后没有达到目标，也无怨无悔，总比没有理想，平平庸庸，碌碌无为地过一生要强上百倍。

突然想到我 9 岁的儿子前两天曾问过我一个问题。“妈，你为什么而读书？”我知道儿子是想拿周恩来为中华之崛起而读书来考我，我故意说：“我读书是为了更好地生活，为了用知识丰富头脑，让我更加充实地，有意义地度过每一天。”“哼，胸无大志！”儿子嗤之以鼻地说。我趁机反问他：“那你为什么而读书？”“我为了振兴中国而读书，让中国走到世界前列，看谁还敢看不起中国！”儿子气宇轩昂地说。我顺势问道：“那你怎么样才能振兴中国呢？”“我有远大的理想！”儿子自豪地说。“那你的理想是什么呢？”“嗯，多了，想当地理学家、历史学家、歌唱家和作家。噢，对了，还有考古学家。嗯，考古学家、地理学家还有历史学家是一回事吧，妈？”儿子充满憧憬地认真地说。没想到儿子竟一连串说出这么多理想。我不以为然地淡然一笑，“行，那你就朝着你的梦想努力学习吧！”

现在想想儿子的远大理想也不是那么凭空一说，信口胡诌，虚无缥缈的。儿子很喜欢地理和历史，超乎一般的喜欢。他闲暇时间经常抱着大大的世界地图和中国地图认真研究。有时还像发现新大陆似的向我报告，“妈，你知道吗？……”随便问他一个国外的什么地方，他都能说出大体位置来，对于世界各国的位置及首都更是对答如流。儿子对历史的痴迷程度更是到了无以复加的地步。光历史书籍都看了好多本。每天中午科教频道的《百家讲坛》更是潜心观看。他对历史事件了如指掌，有很多我不知道的历史他都知道。为此我还得向他请教。一些历史人物，何朝人也；什么年代，发生了什么历史事件；对这个人物的评价，以及跟这个人物有关系的其他人物等，他都娓娓道来，讲得津津有味。这不得不让我汗颜，同时也佩服他小小的脑瓜里竟然装了那么多的知识。儿子的记忆力很好，很久以前，我无心说过的话，他都记忆犹新。

至于儿子说歌唱家，我只能说是他喜欢听歌和唱歌罢了，他并没有这方面的天赋。儿子说当作家，我想是因为他对自己写的作文比较满意吧。儿子读的课外书多，每次作文都得满分，而且还有好几篇被刊登到了报纸上，这对他是很大的鼓励。到现在儿子每天晚上睡觉前都要背一篇国学经典文章。但我深知，文学这条路是任重道远的，我小小的儿子还不能体会其中的艰辛。

听完讲座回到家，我认真地问儿子：“你的理想是什么？”“我不是告诉过你吗？地理学家、历史学家、歌唱家和作家。”天哪，一点儿都没变，还是上次的口气。我又问了一句：“那要从中选一个呢？”“那就历史学家吧！”

“你长大了要买什么车？”我想用专家的问题考考儿子。“嗯，我想买一种非常环保，又非常省电，又不费油的车。车上装有平板电脑、电视、多功能键盘、可视电话、遥控手机还有自动导航系统。”儿子闪烁着透黑的大眼睛，叽里咕噜说了一大堆。“你不想买宝马吗？”“宝马算什么？像宝马呀、法拉利呀、奔驰呀，都太污染环境了，又费油。”“那你说的车是什么牌子啊？”“不知道，以后肯定有。要是没有，我就发明呗！”儿子天真地笑着说。

中国梦，我们的梦，孩子的梦。

原来儿子的理想是这样子的。我长舒了一口气。

载于《莫愁·家教与成才》

当下的这个时代，似乎都习惯把一些物质来作为衡量是否成功的标准。认为只有有了钱，有了豪车，有了好房子，这样才算是成功的。但这都是片面的。真正的成功是什么？是做你理想中的自己，真正的成功是，内心世界高度自由和充实。

让信念升值

文 / 雨街

有志者，事竟成，破釜沉舟，百二秦关终属楚，
苦心人，天不负，卧薪尝胆，三千越甲可吞吴。

——蒲松龄

信念本身并不值钱，它有时甚至是一个善意的欺骗。不过，一旦你坚持下去，它就会迅速升值。

让信念升值，首先是要为自己升起信念的旗帜，让自己拥有前行的目标和方向。德国著名诗人海涅年幼时并不是一名好学生，他的作文从来都是被老师讥笑的话题，这一度使他丧失了信心。一到语文课，他不是旷课，就是和同学打闹，甚至搞一些恶作剧。有几次学校几乎要开除他。直到升入中学后，这种状况才有了转变。尽管他仍写不好作文，但老师从他那跨越时空的大胆想象中，仿佛看到了一棵诗人的苗子。从此后，老师再也没有强迫他写过一篇作文，并鼓励他说，就这样写下去，你一定能成为像歌德一样伟大的诗人。

“我能成为像歌德一样的伟大诗人？！”老师的话让海涅感到无比震惊。尽管他当时连歌德是个什么样的人都不知道，但他知道“伟大”是一个很了不起的词，因为他父亲在说起“伟大”一词时，说的都是德国历史上那些名垂青史的英雄人物。

“能，一定能！”老师拉过海涅的手说，“不过有一条你要记住，你要向歌德学习。”海涅记下了这句话。后来老师又一步一步告诉他向歌德学什么，他居然能一丝不苟地按老师的话去做。老师说，说话要像歌德一样文明，他就再也没有说过一句污言秽语；老师说，要像歌德一样学好知识，从此他上课认真听讲的程度就超过了班上任何一名学生；老师说，要勤思考，勤写作，他就专门为自己准备了写作的本子，一年要用掉好几个……

经过多年的努力，海涅写出了《北海纪游》《德国，一个冬天的童话》和《旅行记》等在德国和世界文学史上产生过重要影响的诗歌和散文作品，被公认为继歌德之后德国最重要的诗人。

成名后的海涅曾给当年的老师写过一封充满感激之情的书信，其中有这样一段话：“后来我才知道，你给我讲的那些有关歌德的故事是不真实的，但对我的益处是真实的。正是因为有了这一个又一个信念的激励，才注定了我的昨天，也注定了我的今天。”

后来，海涅还曾写过一首题为《信念》的小诗：“你的周围是冬天，你的心中是冬天，你的心儿已经冻僵。突然有白色的片片，降落到你的身上……可那并不是雪花，你立刻看出，十分惊喜，那是春天芬芳的花朵……”

载于《学生天地》

外界虽不能把握，行动却可以产生力量，这力量的源泉就来自坚强的信念！真正的信念是不可战胜的。

你也可以如此优雅

文 / 崔修建

美丽的相貌和优雅的风度是一封长效的推荐信。

——伊莎贝拉

踏着金黄的落叶，我沿着松花江大堤徐徐而行。秋日的江水，像一幅陈年的油画，多了一分宁静与澄碧，也多了一分耐人寻味的深邃。

受北京一家杂志社的约请，我要去采访一位已是耄耋之年的剪纸艺人。因为距约好的时刻还早，我便决定先在江畔走走。于是，我就惊喜地邂逅了那个在江堤上以水代墨练书法的他。

这些年来，在城市里的许多公园或广场上，我不时地会碰到一些拎着水桶，拿着特制的笔，旁若无人地挥毫泼水，一展水书技艺的书法爱好者。偶尔，也会驻足欣赏一会儿，默默地品评一番。

一下子吸引住我目光的是他手中挥舞的那支独特的大笔，更像是随处可见的一把拖布，长杆的一头是粗糙的棕棉，那样随意而懒散地一束，与我在单位里每天擦地的拖布没什么两样。

然而，就是那样一把再寻常不过的拖布，被他蘸了清水后，一只手挥舞着，笔走龙蛇，上下翻飞，一会儿的工夫，江堤上便留下一串气势磅礴的行草，内容正是毛泽东的名篇《七律 · 长征》。

“哦，好功夫。”我禁不住赞叹起来。

“过奖了，不过是信手涂鸦而已。”他谦逊着，手却没有停下来。

“练了很久了吧？”我指了指他那遒劲的书法。

“一年多了。以前身体没毛病的时候，整天忙着工作，怎么也不会想到我这个大老粗，还能练书法，而且是水书。”他淡然地回答。

“看你现在这身手，蛮健康的啊！”看他很轻松地舞动着手中的拖布之笔，谁能想象到他是一个病魔缠身的人呢？

“是的，我也感觉自己很健康。”他脸上泛着红润的光。

他与我接下来的交谈，却让我惊讶万分。他语气平淡地告诉我：他姓耿，今年刚刚 50 岁，去年查出了胃癌，已切除了四分之三的胃。上个月，又查出了胰腺癌，医生说已没有动手术的必要了。

我怔怔地看着老耿，仿佛在听他轻描淡写地说着别人的事情。

“你是不是很奇怪，我都被死亡预约了，为什么现在还要练字？”他看出了我的困惑，“我只读过五年书，这一辈子似乎都没有摆脱贫困，日子稍微好了一点点，又让癌症给缠住了。刚开始，我也曾抱怨命运不公。后来，也就坦然了，穷也罢富也罢，好也罢坏也罢，不都是过日子嘛？于是，我就决定用最节俭的方法练练字，补上年轻时的遗憾。”

“就这么简单？”我望着老耿那早已悟透人生的双眸。

他点点头，又继续书写，这回他写的是楷书，内容是《声律启蒙》中的句子。

看着他那样一笔一画，认真得像一个小学生，我不由得对着那些很快便要被阳光擦掉的字迹肃然起敬，仿佛那些匆匆逝去的水字，是一只只会说话的眼睛，在无声地告诉我关于生命和人生的某些真谛。

在告别老耿去找剪纸艺人的路上，我又有幸结识了一位摆水果摊的诗人。

我在挑选水果的时候，他似乎根本没看见我这位顾客，只顾握着一截铅笔头，在一个演草本上快速地涂抹着，他头摇晃着，嘴里还在不停地念

叨着。

耐心地等他停了笔，为我称量、包装好水果，我好奇地问他：“刚才那么专注，在写什么呢？”

他有些腼腆道：“写诗呢，突然来了灵感。”

“我可以拜读一下吗？”我怎么也不会想到眼前这个人，在这样的生活境况里，竟然还保持着一分难得的诗情。

“只是喜欢，主要是写给自己看的。”他犹豫了一下，还是把写诗的本子递给了我。

哦，他写了不少呢，其中不乏让人眼睛一亮、心灵一颤的好诗句，比如，写向日葵的：“你金光四溢的花环 / 将明媚地旋转整个夏日 / 像花中的女皇 / 威仪而典雅”；写菠菜的：“你内心深藏的铁 / 有着怎样摄人魂魄的光芒 / 在生命中多么不可或缺”；写彼岸花的：“你不是我的彼岸花啊 / 我谦卑的愿望 / 缀满所有感恩的土地 / 从一粒被岩隙收容的种子开始 / 此后的时光全部用满怀的期待和追寻充盈”……读着他的那些从生活中提炼出来的精美的诗句，我的心仿佛被一双温暖的手柔柔地抚摸着，尘世的喧嚷和嘈杂，在那一刻全都被屏蔽了。

“真好！能够写出这么多美丽的诗句，真是一个叫人羡慕的诗人。”我敬佩地望着面前这位其貌不扬的水果摊主人，想他一定有着锦绣的心思。

“谢谢您的鼓励，我写诗只是不想让生活低到尘埃里。”他随口的一句表白，竟也是那样的诗意盎然。

在剪纸老艺人素雅的小屋里，我从老人的口中得知那个摆水果摊的中年人，妻子是一个精神病患者，他下岗多年了，靠着摆水果摊供出了一个读北大的女儿。我又一阵惊愕后，提到了老耿。老人轻轻地道了一句：“这样优雅的人生，在我们的身边，其实有很多呢。”

是啊，仅仅在一天里，我便有幸遇见了三位拥有优雅生活的人，他们虽然都是普通的凡夫俗子，也有着常人的苦恼、窘迫与无奈，但他们都不约而同地选择了优雅，选择了站在精神高地上，把世俗的日子过得更精彩，更有品位。

优雅就在身边，谁都可以做得优雅一些，再优雅一些。

载于《思维与智慧》

优雅是什么呢？是泰山崩于前的临危不乱，是花谢花开间的闲庭信步，是快节奏生活里的闲适高雅。我们不能选择生活，却可以选择让自己变得优雅。

我想让他们听到我的掌声

文 / 阿建

体育和运动可以增进人体的健康和人的乐观情绪，而乐观情绪却是长寿的一项必要条件。

——勒柏辛斯卡娅

在2012年伦敦奥运会马拉松比赛的赛场外，有一位始终坐在轮椅上的很特别的观众，叫塔比雅，她来自利比亚，自幼失去了双腿，只读了5年的书，她现在是一家花店里的临时工，每个月只能赚到少得十分可怜的薪水。连行走都很吃力的她，却是一个十足的体育迷，无论是各种球类运动，还是田径运动，她都很喜欢。只要有机会，她就想方设法去看比赛。

今年7月，她毅然花掉自己这几年来辛苦积攒的全部积蓄，几经辗转，终于来到了梦想中的伦敦。然而，近在咫尺的奥运赛场，她却无法进去。因为此刻囊中羞涩的她，已经买不起哪怕最廉价的一张进场观看比赛的门票，对此，她似乎一点儿也没有沮丧，因为她欣喜地发现还有一些不要门票的比赛，比如马拉松比赛。

为了能够挑选到一个最佳的观赏比赛的位置，她提前一周，摇着轮椅，顶着烈日，细心地探查了马拉松比赛的路线。当她确定了一处最佳的观看点后，她激动地舞动着双臂，像一只展翅欲飞的鹰。

然而，不幸的事情发生了：在比赛开始前两天，她感冒了，吃药、打针，都没有退烧。

怎么办？难道真的就这样躺在病床上，通过电视看比赛？那个念头刚一闪，便被她掐灭了。她必须要到现场去，尽管那天发烧更厉害了，脸烧得通红，她仍没有丝毫的犹豫，服过药，便吃力地摇着轮椅早早地来到选好的地点，准备为每一位从自己面前跑过的运动员加油。

当第一批运动员奔跑过来时，她和周围的观众一同热烈地鼓掌、呐喊，仿佛自己也是一个健康无比、精力充沛的超级“粉丝”。

随后，一拨拨的运动员跑过来，她不停地为他们鼓掌，热情而执着。

直到掌声欢送最后一名运动员从身边跑过，她才瘫软地倒在轮椅上，蓦然发觉自己的高烧尚未退去，浑身烫得吓人。

当一位记者惊讶地问她：“其实，你完全可以在电视上看到全景的赛况转播，为什么非要带病亲临现场看比赛？”

她微笑着回答：“我想让每一个从我身边跑过的人，都能听到我赞赏的掌声。”

“这对他们很重要吗？”记者仍然有些不解。

“这对我很重要。虽然我今生再也无法健步如飞，我却可以坐在路边，把我由衷的赞美，热情地奉上。”她一脸的自豪，仿佛胸前挂着金灿灿的奖牌。

我不禁想到了台湾作家刘继荣的女儿说过的一句话：“我不想成为英雄，我只想成为坐在路边鼓掌的人。”

没错，滚滚红尘中，我们当中的许多人注定都只是平凡之辈，无论我们如何渴望，如何努力，我们最终都可能无法成为渴望的英雄。然而，我们却不必因此而抱怨和叹息，而应该像塔比雅那样，欣然地坐在路边，为我们心中敬仰的那些英雄，敬献上我们热烈的掌声。纵然那掌声很轻很轻，似乎微不足道，但那掌声是发自肺腑的，是我们对英雄由衷的赞赏，更是我们对自己平凡生命的一种肯定。

伦敦奥运会马拉松比赛冠军的名字，我很快就忘记了。然而，那个在轮椅上拼命鼓掌的穿红衣服的女子塔比雅，却被我深深记住了。隔着万水千山，电视机前的我，却分明清晰地听到了她自信、热情的掌声，听到了一种生命从容淡定的声音。

载于《作文向导》（初中版）

我们每一个人都寻找自己的归属感，我们每一个人都有追寻幸福与平等的权利。就像塔比雅，虽然身体残疾，但是她一定觉得自己和其他人是一样的。

你是否也心怀这样的一片海

文 / 王万龙

人间如果没有爱，太阳也会灭。

—— 雨果

当一潮忘了退却的海水，频频涌向沙岸时，总有那么一些脆弱的生命，被它席卷得歪歪斜斜，寻找不到归家的路。我时常看到有那么一位坐着轮椅的小男孩儿，央求在他身后一脸祥和的父亲，将那些被海水打翻在地的小生命拾起，放入冰凉的海水中去。

从始至终，他的双眼都不曾离开过父亲的手指。那些个鲜活的生命在暮色的光环下显得越发不堪触弄。他紧蹙浓眉，似乎渴望自己父亲的手指能再轻一些，再细一些，那么，这些惶恐的小生命就不至于感受到剧烈的疼痛。

我想，这是一个心怀善意的小男孩儿。他的双眼和海平线外的世界一样，充满了神秘和素洁。很多次，我想缓缓地踏着上岸海水抵达他的身旁，轻柔地捡起那些在他身旁的小生命，而后摊开手掌，将整个手臂浸入海洋，让这一捧窸窸窣窣的小生命，顺着澄明的海水去寻找归家的旅途。

那一刻，我的心必然是无比纯净的。因为我知道我的身后，一定有了这位小男孩儿的些许注目。他的注目，像 5 月里的阳光，温和而又多情。

很多个日子过去，当我的双手已经能娴熟地捡起那些滞留在沙滩上的小生命时，我仍不曾步入他的视线。我知道，我不能那样温婉而又残忍地将他伤害。在他的世界里，他的视线里，只有他朴实的父亲，才会做这样了无生趣的事儿。倘若，我做了，做得比他的父亲还有好，还要让他感动，那么，在他的心灵深处，一定会萌生出另外一种异于先前的情感。

也许他会因为自己天真的善意而懊恼，而后悔，而埋怨，甚至自卑，再不来到这片宽广的沙岸。也许他会兴奋，他会感动，他会更加自信满满地生活。因为他似乎明白这个世界上，不只是他一个人在不求回报地疼惜着这些娇弱的小生命。

在旁人的眼里，他就是那一个娇弱的小生命，只是他从来都不承认，也不想知道。这样的事实，会让他觉得伤怀，觉得生无可恋。我真害怕那温柔的举动会深深地刺伤他。即便这样的可能性很小，但我还是不敢贸然前行。

这样的谦卑善良，只属于他的父亲。也只有他的父亲，才能将这样的事儿义无反顾地坚持下去。在他平和的内心深处，他的孩子，就是那一只瘦小的不成模样的螃蟹，是那一只因惊恐而将四肢蜷缩在壳里的小海龟。他必须竭尽全力地温柔，让它们觉察不到丝毫疼痛。

这样的海，是温柔的，是善良的，是充满父子大爱的。我常常想，很多年之后，当这个父亲的生命像此时汹涌的潮水一般渐渐退去之后，这个已然成熟的小男孩，会以怎样的态度来面对生活？他是否还会一如既往的谦卑善良？他是否也会让他的孩子或者爱人推着他，步入这片宽阔的记忆，继续儿时的感动？

我很羡慕这位男孩儿的父亲，即便他的孩子身有残疾。可我们不得不承认，身体上的残疾，远远不如心灵上的残疾来得惨重。很多时候，我们已在陌生的人潮与车流中，被一种莫名的焦躁所麻木。即便不远处的视线里有一个濒临垂危的生命。即便在和暖的日光中，有一个少女因痛失双亲而哭红了眼睛。

当这样娇柔的生命屡屡遭遇人生的不幸打击，站在风和日丽的沙岸上的我们，是否能心怀那样的一片海，将他们包容，将他们温暖，让他们因此而找到回家的方向？

载于《辽宁青年》

每个人的心里，都有这样一个地方，像母亲的怀抱，像温暖的港湾。每一次无助的时候 ，人们总是会想到这个地方。你找到你的那片海了吗？

0.01 秒和 0.01 厘米

文 / 蒋光宇

当人遇到困境时，采取的态度决定了他是否能反败为胜。

——俞敏洪

在中央电视台体育频道《精彩瞬间回放》的电视节目中看到了这样的竞技场面：

1988 年，在韩国汉城举办的奥运会上，男子 100 米蝶泳决赛正在如火如荼、扣人心弦地进行着。当时夺魁呼声最高的美国泳坛名将马特·比昂迪不负众望，正在劈波斩浪奋勇前进，已经把其他选手抛在身后。眼看就要向终点冲刺了，马特·比昂迪情不自禁地从水中抬出头来。当他看到胜利在握时，竟然兴奋地举起双手，第一个在水中庆祝起自己的胜利。几乎是在同时，整个游泳馆也沸腾了，欢呼声连成一片。

但是出乎意料，巨大的显示屏告诉人们：游出最好成绩的人并不是马特·比昂迪，而是一个叫安东尼·内斯蒂的选手，他以 0.01 秒的微弱优势荣获了男子 100 米蝶泳的冠军！

观众莫名其妙，开始是惊呆了，随后是一片哗然。这究竟是怎么回事？明明是煮熟的鸭子怎么就飞了呢？一定是显示屏出了故障！

赛场工作人员通过慢镜头反复回放了冲刺的情景，大家终于在显示屏上清楚地看到：在他们冲向终点的一刹那，马特·比昂迪并没有继续保持竞赛中的蝶泳状态，而是依靠自己游动的惯性滑到了终点；就在此时，安东尼·内斯蒂却奋不顾身地以蝶泳的最佳姿态冲向终点，以致险些撞到了前面的墙壁。正是在最后的关键时刻，安东尼·内斯蒂超过了马特·比昂迪，第一个到达了终点。这爆出了那次比赛的最大冷门，人们称为“0.01 秒的奇迹”。

一位记者发表了这样的感慨：“关键时刻不能回头看，因为对手随时都有可能超过自己。”

在上海举行的世乒赛上，中国选手刘国正与德国选手波尔相遇。那是一场决定命运的淘汰赛，胜者将进入下一轮，负者将打道回府，失去继续参赛的机会。

两强相争，难分胜负。在决定胜负的第七局，刘国正以 12 比 13 落后，再输 1 分就将被淘汰。就在这关键的时刻，观众看到刘国正的一个回球出界了！沸腾的赛场顿时静了下来，波尔的教练兴奋地站起身来，准备冲进赛场拥抱自己的弟子；刘国正愣愣地站在自己的球台旁边；许多观众似乎不敢相信眼前发生的一切。

就在裁判员即将做出裁决的关键时刻，波尔伸手指向自己的球台边，优雅地示意：这是一个擦边球，应该是刘国正得分。

就这样，刘国正不仅被对手从“悬崖边”救了回来，而且反败为胜。

这是一场震撼人心的经典之战！因为双方球艺高超，因为刘国正在绝境中坚忍不拔，更因为波尔那个优雅的手势。

当时，波尔只要赢 1 分，就可以顺利晋级。而准确判断那个球是不是擦边，就是差 0.01 厘米也不行。观众自然看不清，刘国正也看不准，即便是裁判员也有可能错判，但波尔却毫不犹豫地选择了主动示意。

赛后，记者们追问波尔：“您为什么能这样做？”

他是那样的坦然谦和，只是轻描淡写地说了一句：“公正让我别无选择，公正让我不能差 0.01 厘米。”

有一位记者发表了这样的感慨：“波尔虽然输掉了比赛，却赢得了敬重，因为他无私地捍卫了比赛的公正。”

其实，每个人的一生中都会遇到许许多多、形形色色的关键时刻。我们不能不时刻提醒自己：勿以善小而不为，勿以恶小而为之。关键时刻一点也不能差，哪怕只差 0.01 秒也不行。关键时刻差一点也不行，哪怕只差 0.01 厘米也不行。因为差之毫厘，谬以千里。

凡事预则立，不预则废。无数事实说明，谁能为失败做准备，谁就能化险为夷，反败为胜。

靠自己

文 / 温美

我宁愿靠自己的力量打开我的前途，而不愿求有力者的垂青。

——雨果

有一天，大仲马得知自己的儿子小仲马寄出的稿子接连碰壁，便对小仲马说：“如果你能在寄稿时，随稿给编辑先生们附上一封短信，或者只是一句话，说‘我是大仲马的儿子’，或许情况就会好多了。”

小仲马倔强地说：“不，我不想坐在你的肩头上摘苹果，那样摘来的苹果没味道。”年轻的小仲马不但拒绝以父亲的盛名做自己事业的敲门砖，而且不露声色地给自己取了十几个其他姓氏的笔名，以避免那些编辑先生们把他和大名鼎鼎的父亲联系起来。

面对那些冷酷无情的一张张退稿笺，小仲马没有沮丧，仍在屡败屡战地坚持创作自己的作品。

他的长篇小说《茶花女》寄出后，终于以其绝妙的构思和精彩的文笔震撼了一位资深望重的编辑。这位编辑曾和大仲马有着多年的书信来往。他看到寄稿人的地址同大仲马的地址丝毫不差，怀疑是大仲马另取的笔名，但作品的风格却和大仲马的迥然不同。这位编辑带着兴奋和疑问，迫不及待地乘车造访大仲马家。

令他大吃一惊的是，《茶花女》这部伟大的作品，作者竟是名不见经传的大仲马的儿子小仲马。

“您为何不在稿子上署上您的真实姓名呢？”这位编辑疑惑地问小仲马。

小仲马说：“我只想拥有真实的高度。”

这位编辑对小仲马的做法赞叹不已。

《茶花女》出版后，法国文坛的评论家一致认为，这部作品的价值远远超过了大仲马的代表作《基督山恩仇记》。小仲马靠自己的力量攀登到文坛的高峰。

美国物理学家富兰克林，是家中 12 个男孩中最小的。由于家境贫寒，他 12 岁就到哥哥开的小印刷所去当学徒。他把排字当作学习写作的好机会，从不叫苦。

不久，富兰克林认识了几个在书店当学徒的小伙伴，经常通过他们借书看。随着阅读数量的增加，他逐渐能学着写些小文章了。

在富兰克林 15 岁时，他哥哥筹办了一份报纸《新英格兰新闻》。报上常登载一些文学小品，很受读者欢迎。

富兰克林也想试一试文笔，但又不想通过哥哥来采用自己的文章。为此，富兰克林化名写了一篇小文章，趁半夜没人时把稿子悄悄地放在印刷所的门口。

第二天一早，他哥哥看到那篇稿件，便请来一些经常写作的朋友审阅评论。那些人一致称赞是篇好文章。有一位诗人竟断定，这是出自名家的手笔。

从此，富兰克林的文章经常在报上发表，但他的哥哥一直不知道真正的作者是谁。后来，他哥哥决心要识破这个谜，在半夜时藏在印刷所门口。他哥哥做梦也没想到这位“名家”竟是自己的弟弟小富兰克林。

……

毋庸讳言，以人取言，人微言轻，近水楼台先得月，老子英雄儿好汉等不公平的现象，目前还是比较常见的，就是在将来也是难以完全避免的。但是，与其怨天尤人哀叹自己的命运，倒不如脚踏实地增强自己的实力。从长远的观点看问题，任何事物发展的根本原因，不在事物的外部，而在事物的内部；外因是变化的条件，内因是变化的根据。在这个意义上可以说，人人都是自己命运的设计师，最可依靠的不是任何人的权力和威望，而是自己的力量。

“滴自己的汗，吃自己的饭。自己的事，自己干。靠人靠天靠祖上，不算是好汉。”郑板桥的这些话，当然不是主张可以忽视前进中可以借用的力量，而是强调千靠万靠，不如自靠。

不管我们踩什么样的高跷，没有自己的脚是不行的。淌自己的汗，吃自己的饭，自己的事情自己干，靠天靠地靠祖宗，不算是好汉。通往幸福的钥匙靠自己开启，每个人书写人生的笔，都握在自己的手里。